Langenscheidt

# The Odd Bird – Der komische Vogel

von Paul Jansen

Langenscheidt

Berlin · München · Wien · Zürich · New York

Lektorat: Barbara Müller
Englischsprachiges Lektorat: Charlotte Collins
Illustrationen: Anette Kannenberg

www.langenscheidt.de

Umwelthinweis: gedruckt auf chlorfrei gebleichtem Papier


Druck: Mercedes Druck GmbH, Berlin
Printed in Germany

ISBN 978-3-468-20530-9

# Inhalt

# And Your Bird Can Sing

“Stell dir vor, Papi, ich habe einen Alexandersittich gesehen. Im Hamburger Stadtwald!” Lucy strahlte wie ein Honigkuchenpferd. Nein, sie strahlte wie eine ganze Herde Honigkuchenpferde!
Über den Gesang von John Lennon, der aus den Autolautsprechern drang, konnte sie Bernd Marksens gebrummte Antwort nicht genau verstehen. Es mochte “Schöner Flieder” heißen, vielleicht aber auch: “Nicht schon wieder.”
“Er saß in einem Baum und sah zu mir herunter.” Lucy war noch immer so aufgeregt, dass sie auf dem Beifahrersitz hin und her rutschte. “Zuerst dachte ich, es muss eine andere Vogelart sein, denn Alexandersittiche gibt es eigentlich nur in Asien. Aber als ich seinen auffällig roten Schnabel und die grünen Kopffedern sah, da wusste ich Bescheid. Und dann fiel mir wieder ein, dass Alexandersittiche in Deutschland Neozoen sind. So nennt man Tierarten, die in Gebieten vorkommen, wo sie gar nicht vorkommen dürften. Das passiert zum Beispiel, wenn …”
“… Haustiere ausbüxen und in einem fremden Land oder gar Kontinent heimisch werden”, fiel ihr Vater ihr ins Wort. “Das erklärst du mir nun zum dritten Mal.”
“Ich dachte eben, du freust dich für mich”, schmollte sie.

“Ich freue mich doch für dich. Aber seit ich dich abgeholt habe, redest du von nichts anderem als diesem Peterpapagei.”

“Alexandersittich!”

“Mein ich doch.” Herr Marksen warf Lucy einen kurzen Blick zu. Er hatte eine Glatze und große Ohren, mit denen er wackeln konnte. Genau das tat er jetzt und brachte sie damit wie immer zum Lachen. Leider hörte er gleich wieder damit auf, weil er sich auf die Straße konzentrieren musste.

“Welche Vogelarten habt ihr auf der Wanderung denn noch gehört oder gesehen?”

Lucy dachte nach. “Eine ganze Menge. Also, wir haben Amseln beobachtet und Eichelhäher. Dann mehrere Spechtarten, Blau- und Kohlmeisen, eine Elster und einen Mäusebussard. Ach ja, und einen Mauersegler. Aber am besten war natürlich der Alexandersittich.”

“Und die Teilnehmer, waren sie nett?”, fragte ihr Vater schnell.

“Die meisten schon. Wie immer konnten ein paar Erwachsene nicht glauben, dass ich die Vogelstimmenwanderung leite. Einer hat mich sogar ‘kleines Mädchen’ genannt und ist schimpfend weggegangen. Dabei werde ich bald dreizehn!”

“Na ja, der konnte sich eben nicht vorstellen, dass eine Zwölfjährige wirklich so viel über Ornithologie weiß”, beschwichtigte er sie. “Die meisten Menschen wissen ja nicht einmal, dass das Wort ‘Vogelkunde’ bedeutet.”

"Die haben eben keine Ahnung." Lucy wollte weiterschimpfen, doch da nannte eine Stimme ihren Namen und ließ sie aufhorchen. Es kam aus dem Autoradio, wo die Beatles gerade *Lucy in the Sky with* ***Diamonds***[1] sangen.

"Klasse", freute sie sich, "mein Lieblingslied." Sie streckte die Hand aus und drehte die Lautstärke ein bisschen höher.

Ihr Vater zog die Augenbrauen nach oben. "Ich dachte, dir hängen die Beatles zu den Ohren heraus."

"Dieses Lied nicht."

Lucys Vater war ganz verrückt nach den Beatles. Er hatte alle Platten der vier Musiker aus Liverpool und hörte so gut wie nie etwas anderes. Am liebsten wäre es ihm gewesen, wenn Lucy seine Leidenschaft geteilt hätte. Er hatte ihr die Beatles so oft vorgespielt, dass sie mittlerweile fast alle Texte auswendig konnte – allein vom Zuhören. Er hatte recht, sie konnte die Lieder wirklich nicht mehr hören. Nur *Lucy in the Sky with Diamonds* war und blieb ihr Lieblingslied. Ehrensache!

Vor ihnen sprang eine Ampel auf Gelb. Sofort trat Herr Marksen auf die Bremse. Der Wagen kam zum Stehen, noch ehe das rote Licht aufleuchtete.

Lucy verdrehte die Augen. Wenn ihr Vater Auto fuhr, achtete er immer darauf, alle Verkehrsregeln zu be-

---

1 **diamonds** Diamanten

folgen. Ständig erklärte er ihr, was man am Steuer niemals machen durfte: zu schnell fahren, Verkehrsschilder missachten, auf den Anschnallgurt verzichten, fahren, wenn man müde war, und so weiter.

In diesem Moment hörte sie ein lautes Gähnen neben sich. Überrascht sah Lucy, wie ihr Vater müde blinzelte. Unter seinen Augen lagen dunkle Ringe. Plötzlich fiel ihr ein, dass sein Auto nicht in der Auffahrt gestanden hatte, als Mami sie im Morgengrauen zur Wanderung gefahren hatte. Wo war er gewesen?

"Bernd Marksen, was haben Sie in der vergangenen Nacht gemacht?" Sie ahmte den Tonfall nach, den er immer dann anschlug, wenn sie etwas angestellt hatte. Es war der gleiche Ton, in dem auch die Polizisten im Fernsehen redeten, wenn sie einen Verdächtigen verhörten. Das war kein Zufall: Herr Marksen war nämlich Kommissar bei der Hamburger Polizei.

"Ich wurde zu einem Einsatz in den Containerhafen gerufen, Frau Hilfspolizistin", antwortete er.

"Und das soll ich Ihnen glauben?", fragte sie streng.

"Dutzend Zeugen können das bestätigen."

"Das werde ich noch überprüfen. Haben Sie die Verbrecher geschnappt?"

"Noch nicht." Der Kommissar wurde ernst und drehte die Musik leiser. "Aber ich habe etwas mitgebracht, was ich dir unbedingt zeigen muss."

"Im Ernst? Was denn?", fragte Lucy ohne den Verhörtonfall.

“Das weiß ich nicht genau. Darum brauche ich ja deinen Rat.”
“Worum geht es denn? Nun sag schon!” Wieder rutschte sie auf ihrem Sitz umher.
“Geduld. Wir sind fast da.”
Die Ampel wurde grün und das Auto setzte sich wieder in Bewegung. Ein anderer Wagen überholte sie. Lucy kam es vor, als würden sie unendlich langsam dahinschleichen. “Kannst du nicht schneller fahren?”, drängelte sie.
Sofort schnellte der Zeigefinger des Kommissars nach oben. “Innerhalb von geschlossenen Ortschaften sind höchstens fünfzig Stundenkilometer erlaubt. Ich werde nicht gegen die Vorschriften verstoßen, und wenn du noch so ungeduldig bist.”
Lucy presste die Lippen aufeinander. Sie wünschte sich, er hätte sie mit dem Einsatzwagen abgeholt. Mit Blaulicht und Martinshorn wären sie im Nu zu Hause gewesen. Andererseits hätte ihr Vater die Sirene ohnehin nicht eingeschaltet, wegen der Vorschriften.
Es dauerte eine Ewigkeit, bis sie endlich ihr Haus erreichten. Lucy sprang aus dem Auto, als der Kies noch unter den Reifen knirschte. Sie rannte zur Haustür und klingelte Sturm.
Frau Marksen öffnete so schnell, als habe sie auf sie gewartet. “Da seid ihr ja endlich.” Sie klang gleichzeitig besorgt und erleichtert.

“Wie geht es ihm?” Der Kommissar musterte das Fenster zum Esszimmer. Lucy bemerkte, dass die Vorhänge zugezogen waren.
Anstelle einer Antwort zuckte ihre Mutter bloß die Achseln.
“Von wem redet ihr?”, rief Lucy. Die Heimlichtuerei ging ihr allmählich auf die Nerven.
“Komm zum Esszimmer”, sagte ihr Vater. “Aber erst nachdem du dir die Hände gewaschen hast.”
Beinah hätte sie vor Ungeduld geschrien. Doch der Kommissar blieb eisern und Lucy musste gehorchen. In Rekordzeit wusch sie sich die Hände und eilte in den Flur. Ihre Eltern standen tuschelnd vor der Esszimmertür.
Lucys Mutter drehte sich zu ihrer Tochter um und hielt einen pflasterbewehrten Finger an die Lippen. In der anderen Hand hielt sie einen hölzernen Kochlöffel. Was hatte sie damit vor?
Behutsam öffnete Herr Marksen die Tür und steckte seinen kahlen Kopf hindurch. Lucy versuchte, an seinem Rücken vorbei einen Blick ins Innere zu erhaschen, doch alles, was sie sah, war Dämmerlicht.
“Ich glaube, er ist wach”, flüsterte ihr Vater.
“Wer denn?”, fragte Lucy leise zurück. Sie wurde noch wahnsinnig!
Plötzlich hörte sie ein leises Geräusch aus dem Esszimmer. Es klang, als kratze jemand an einer Tür aus Papier. Was war das?

Schweigend betrat ihr Vater das Esszimmer und winkte Lucy, ihm zu folgen. Frau Marksen folgte mit erhobenem Kochlöffel und schloss achtsam die Tür hinter ihnen.
Zunächst sah Lucy nur die Umrisse von Esstisch und Stühlen. Als ihre Augen sich an die Dunkelheit gewöhnt hatten, erkannte sie, dass die Tischplatte mit Zeitungen bedeckt war. Ein umgedrehter Wäschekorb stand darauf. Wieder hörte sie das Kratzen. Es schien von unter dem Korb zu kommen. Lucy sah genauer hin und glaubte, darin eine Bewegung zu erhaschen.
"Vorsicht!", warnte ihre Mutter. "Er ist bissig."
Lucy wollte endlich wissen, von wem sie redete, und machte darum nur einen ganz kleinen Schritt zurück. Als ihr Vater nach dem Korb griff, hielt sie die Luft an. Er hob den Korb ein Stückchen an …
… und enthüllte einen Vogel.
Ein hellgrüner Papagei, nicht größer als zwei Kinderhände, hockte aufgeplustert auf dem Tisch. Um seine Art zu bestimmen, war es zu dunkel, doch das Licht reichte aus, um seinen Zustand zu erkennen. Erschrocken schlug Lucy die Hand vor den Mund. Das arme Tier war völlig abgemagert, seine Federn stumpf und zerzaust.
Herr Marksen setzte den Korb wieder ab. "Du weißt bestimmt besser als wir, wie wir ihm helfen können."
Mit offenem Mund starrte Lucy den Wäschekorb an. "Wie … was … woher …"

Ein klagendes Krächzen drang unter dem Korb hervor und half ihr, die Fassung zurückzugewinnen. Fragen konnte sie später stellen; jetzt gab es Wichtigeres.
Sie ließ die Vorhänge zu, machte aber das Licht an. Ehe ihre Eltern protestieren konnten, nahm sie den Wäschekorb hoch und stellte ihn auf den Boden. In der plötzlichen Helligkeit wich der Papagei zurück. Er breitete die Flügel aus, war aber zu schwach, um davonzuflattern. Frau Marksen ließ den Löffel um eine Winzigkeit sinken.
Lucy ging vor dem Tisch in die Hocke und besah sich das Tier genauer. Er war nicht überall grün. Sein Bauch war goldgelb, mit einem roten Fleck zwischen den Krallen, und über dem Schnabel waren die Federn blau.
"Du Ärmster bist ja halb verhungert." Sie streckte einen Finger nach dem Vogel aus.
"Pass auf", warnte ihre Mutter und zeigte das Pflaster, "sein Schnabel ist wirklich kräftig. Ich kann ein Lied davon singen."
"Er hat sicher nur Angst gehabt. Aber vor mir musst du dich nicht fürchten, mein Kleiner. Ich tu dir nichts."
Vorsichtig berührte Lucy den Vogel. Er beäugte misstrauisch ihren Finger, biss aber nicht zu, sondern ließ sich am Kopf kraulen.
"Habt ihr ihn schon gefüttert?", fragte Lucy.
"Wir wussten nicht, womit."
"Aber ich weiß es."

Aus einer Packung Sonnenblumenkerne, Cornflakes, einem Apfelschnitz und einer Untertasse mit frischem Wasser bereitete sie dem Papagei ein Festmahl auf dem Tisch. Die drei Marksens traten zurück, damit er keine Angst haben musste. Gespannt beobachtete Lucy, wie der Vogel erst furchtsam, dann mit Interesse zum Futter hinüberschaute. Es dauerte nicht lange, bis er näher hopste und die Leckereien mit schief gelegtem Kopf beäugte. Kurz darauf machte er sich heißhungrig über die Sonnenblumenkerne her. Glücklich sah Lucy zu, wie der Papagei mit seinem kräftigen Schnabel einen Kern knackte.

"Wie kommt er hierher?"

Ihr Vater antwortete. "Wie gesagt, gestern Nacht hatte ich einen Einsatz im Hafen. Aus einem Container waren verdächtige Geräusche gemeldet worden. Als ich ihn öffnen ließ, fanden wir darin Hunderte von Tieren, die allesamt bedrohten Arten angehörten. Ein klarer Fall von Tierschmuggel."

"Tierschmuggel?"

"Tiere bedrohter Arten dürfen nicht gejagt oder verkauft werden. Damit soll verhindert werden, dass sie aussterben. Aber es gibt skrupellose Sammler, die sich um das Verbot nicht kümmern und trotzdem ein solches Tier besitzen wollen. Sie zahlen viel Geld an Tierschmuggler, damit diese ihnen die gewünschten Tiere beschaffen. Doch mit dieser Lieferung muss etwas schiefgegangen sein. Die Tiere müssen seit Tagen unterwegs gewesen sein, sie waren völlig verängstigt und in furchtbarem Zustand. Viele lebten nicht mehr. Es war wirklich ein schlimmer Anblick."

Lucy schluckte schwer. "Waren … waren da noch andere Vögel in dem Container?"

Traurig schüttelte der Kommissar den Kopf. "Er war der einzige."

Sie spürte, wie ihr die Tränen kamen. Frau Marksen nahm sie in den Arm und strich ihr beruhigend übers Haar.

"Aber wir konnten viele Tiere retten", tröstete ihr Vater sie. "Nachher war unsere Polizeiwache der reinste Zoo. Das hättest du sehen sollen! Überall waren Schildkröten und Leguane, und um die Heizung ringelte sich sogar eine Schlange. Aber den Papagei habe ich mit nach Hause genommen. Ich wusste nämlich, dass du dich besser um ihn kümmern würdest als alle Hamburger Polizisten zusammen."

Nach diesem Lob ging es Lucy besser. Schniefend machte sie sich von ihrer Mutter los.

Auch der Papagei hatte sich ein wenig erholt. Er krächzte einmal und nahm das Apfelstück in den Schnabel. Dann erhob er sich flatternd in die Luft. Nach einer Runde durch den Raum ging ihm jedoch die Puste aus, und er musste auf der Vorhangstange notlanden. Der Apfel entglitt ihm und fiel zu Boden. Protestierend flog er wieder los und landete mühsam auf der Deckenlampe. Dort blieb er erst einmal sitzen und spreizte die Flügel ab, um sich ein wenig abzukühlen.

Herr Marksen runzelte die Stirn. “Und wie kriegen wir ihn da runter?”

Lucy kletterte auf einen Stuhl und hielt dem Vogel die Hand entgegen. Doch er stieg nicht darauf, sondern wich ängstlich davor zurück. Lucy überlegte. Dann hatte sie eine Idee.

“Mami, kann ich bitte den Kochlöffel haben?”

Sie nahm den Löffel und streckte ihn dem Vogel entgegen. Sie musste dem Sittich eine Weile gut zureden, doch schließlich kletterte er auf den hölzernen Stiel.

“Bravo. Setz ihn vorsichtig auf dem Tisch ab.” Der Kommissar griff nach dem Wäschekorb.

“Nicht in den Korb”, sagte Lucy. “Der ist zu eng und zu dunkel. Der Sittich braucht einen richtigen Käfig.”

“Wo sollen wir den herbekommen? Es ist Sonntag, die Geschäfte haben geschlossen.”

“Warum nehmen wir nicht meinen alten Hamsterkäfig?”, schlug sie vor. “Wir können ihn hochkant hinstellen.”

“Das olle Ding hast du doch vom Sperrmüll angeschleppt, vor Jahren, als es für dich außer Vögel auch noch andere Tiere gab. Ich dachte, du hättest ihn längst weggeschmissen.” Der Kommissar klang nicht begeistert.

"Ich dachte, dass wir ihn vielleicht einmal brauchen können. Und wie du siehst, hatte ich recht. Er steht unter der Kellertreppe, ganz hinten in der Ecke."
Während ihr Vater sich grummelnd auf die Suche machte, betrachtete Lucy wieder den Vogel. Er hatte die Federn an seinem Kopf aufgestellt. Sie lächelte. Das war ein Zeichen, dass er sich wohlfühlte.
"Wie du wohl heißt?", überlegte sie halblaut.
"Jacky."
Sie riss die Augen auf. "Du kannst ja sprechen!"
"Jacky", krächzte der Papagei und wackelte mit dem Kopf auf und ab.
Lucy probierte etwas aus. Sie nahm einen Sonnenblumenkern zwischen die Finger und hielt ihn so, dass Jacky ihn sehen, aber nicht mit dem Schnabel erreichen konnte. "Kannst du noch mehr sagen?"
Er warf dem Kern begehrliche Blicke zu, blieb aber stumm. Mit ruhiger Stimme fragte Lucy abermals: "Jacky, was kannst du noch sagen?"
"Pete Duncan's **Pet Shop**[1]", rief Jacky. Dann flatterte er auf Lucys Hand hinüber und verschlang den Sonnenblumenkern mit einem Haps.
Lucy staunte nicht schlecht. Jacky sprach Englisch!

---

1 **pet shop** Zoohandlung

# Two of Us[1]

In der nächsten Woche verbrachte Lucy jede freie Minute bei Jacky. Wenn sie aus der Schule kam, eilte sie als Erstes ins Esszimmer. Dort beobachtete sie ihn und notierte sich, wie viel Äpfel, Kolbenhirse und Sonnenblumenkerne er fraß.

In ihren ornithologischen Büchern hatte Lucy herausgefunden, von welcher Art Jacky war: Er war ein Goldbauchsittich und stammte ursprünglich aus Tasmanien. Unter ihrer Pflege erholte er sich zusehends. Sein zerzaustes Federkleid wurde dicht und glatt, und er schaffte bald zwei, dann drei und mehr Flugrunden durchs Esszimmer. Am besten konnte Lucy an seinem Gewicht ablesen, dass es ihm allmählich besser ging: Am Sonntag hatte er nur klägliche siebenundachtzig Gramm gewogen. Doch mit jedem Tag, der verging, nahm er ein wenig zu. Eine Woche später hatte er fast sein Normalgewicht von einhundertundzwanzig Gramm erreicht.

Zum Wiegen lockte Lucy ihn mit einem Sonnenblumenkern auf die Küchenwaage. Das klappte recht gut. Schwieriger war es, Jackys Größe zu messen. Er war ihr gegenüber zwar zutraulich, blieb aber nicht lange genug still sitzen, dass sie das Maßband anlegen konnte. Mit einem Trick kam sie dennoch ans Ziel: Sie

---

1 **two of us** wir beide

wartete, bis Jacky schlief, schlich sich dann vorsichtig an ihn heran und vermaß seinen Körper, während er noch erwachte. Sie musste sich beeilen, aber es gelang. Sie fand heraus, dass er einundzwanzig Zentimeter lang war. Als sie die Zahl aufschrieb, fühlte Lucy sich wie eine richtige Ornithologin.

Gleich am Montag zog Jacky aus dem Hamsterkäfig in ein Vogelbauer um, den Kommissar Marksen aus dem Zoogeschäft mitbrachte. Darin zeigte er sich als begeisterter Kletterer. Mit seinen Krallen und dem kräftigen Schnabel kletterte er stundenlang an den Gitterstäben seines neuen Zuhauses entlang, und manchmal ließ er sich sogar kopfüber von der Käfigdecke herabhängen.

Doch Lucy bemerkte auch, dass Jacky sich am wohlsten zu fühlen schien, wenn er sich frei im Esszimmer bewegen konnte. Dabei flog er oft zum Fenster, um kurz vor der Glasscheibe eine Kurve zu machen und umzukehren. So spannend es für Lucy auch war, ein Haustier zu haben, für Jacky bedeutete es, eingesperrt zu sein.

Und sie hatte noch eine weitere Sorge: Mitte der Woche berichtete ihr Vater, dass die Mitarbeiter der städtischen Tierheime endlich die letzten Tiere aus der Polizeiwache geholt hatten.

"Aber Jacky bleibt natürlich bei uns", sagte Lucy bestimmt. "Oder?"

"Das entscheide nicht ich", antwortete ihr Vater und strich ihr übers Haar. "Das müssen meine Vorgesetzten tun."

Sie stemmte die Hände in die Seite. "Aber Jacky geht es gut bei uns. Viel besser als in jedem Tierheim. Das musst du deinen Vorgesetzten sagen."

"Das habe ich bereits getan. Aber es ist dennoch ihre Entscheidung. So lautet nun mal die Vorschrift."

"Man darf mir Jacky nicht einfach so wegnehmen!"

Der Sittich stieß einen zustimmenden Pfiff aus.

Der Kommissar schaute ernst. "Lucy, Jacky ist bei dir in Pflege, aber er gehört dir nicht. Außerdem ist er ein Beweisstück in einem laufenden Ermittlungsverfahren. Ein solches darf die Polizei überhaupt nicht verschenken."

"Wenn du die Tierschmuggler geschnappt hast, dann sind die Ermittlungen zu Ende, nicht wahr? Dann ist Jacky kein Beweisstück mehr und ich kann ihn behalten."

"Das kann ich dir nicht versprechen. Außerdem sieht es zurzeit nicht so aus, als würde ich die Kerle bald schnappen. Bisher haben uns alle Spuren in Sackgassen geführt." Dabei machte ihr Vater ein Gesicht wie saure Milch.

Als Lucy seine Worte hörte, wusste sie, was zu tun war: Sie musste der Polizei helfen, den Fall zu lösen.

Als ihr Vater am nächsten Tag von der Arbeit kam, stürzte Lucy sich gleich auf ihn. "Papi, Papi, ich habe herausgefunden, wer Jacky in den Container gesteckt hat!"

"Hilfe, Überfall!" Er schob sie ein Stück von sich, damit er die Haustür schließen konnte. "Hat das nicht Zeit bis nach dem Essen?"
"Hörst du mir nicht zu?", sagte Lucy. "Ich weiß, wer der Tierschmuggler ist."
Er lachte, als habe sie einen Witz gemacht. "Dann weißt du mehr als ich."
"Richtig. Der Mann heißt Pete Duncan und hat ein Zoogeschäft. Es liegt in der Revolution Street 9 in Islington, London."
Jetzt runzelte ihr Vater die Stirn. "Wo hast du den Namen und die Adresse her?"
"Von Jacky", erklärte sie stolz. "Er ist sehr klug und kann Sätze nachsprechen, die man ihm vorsagt. Ich bringe ihm gerade 'Lucy in the sky with diamonds' bei. Einen Satz konnte er schon: 'Pete Duncan's Pet Shop.'"
"Und die Adresse?"
"Ich habe nach Pete Duncan im Internet gesucht."
Der Kommissar schüttelte langsam den Kopf und pfiff gleichzeitig durch die Zähne. "Donnerwetter, Lucy. Vielleicht hast du da eine echte Spur entdeckt. Weißt du, ich habe heute herausgefunden, dass der Container in einem Flusshafen nahe London abgeschickt wurde."
"Dann wirst du Pete Duncan verhaften?", fragte Lucy.
"Das darf nur die englische Polizei. Außerdem ist noch nicht erwiesen, dass er zu den Schmugglern gehört.

Den Namen seines Zoogeschäfts kann Jacky überall aufgeschnappt haben. Aber vielleicht kann Mr Duncan etwas zur Lösung des Falles beitragen."

"Und dann darf ich Jacky behalten." Lucy wünschte sich ganz fest, dass es so kam.

Am nächsten Tag versuchte sie herauszufinden, ob Jacky noch mehr Sätze sagen konnte. Vielleicht konnte er ihr noch einen weiteren Hinweis auf die Tierschmuggler geben. Mit viel Geduld und einer Handvoll Sonnenblumenkerne entlockte sie ihm tatsächlich einen weiteren Satz: "**Get over here**[1], boy!"

Das letzte Wort war schwer zu verstehen. Es konnte auch "toy" oder "**joy**[2]" heißen, doch das ergab beides keinen Sinn. Also entschied Lucy sich für "boy". Vielleicht hatte dieser Pete Duncan einen Jungen, der ihm beim Schmuggeln half.

"Ich habe Neuigkeiten", sagte Herr Marksen und drehte die Musik – natürlich die Beatles – leiser. Es war Samstagvormittag. Heute war er mit Kochen an der Reihe und Lucy half ihm beim Schneiden. Sie saßen am Küchentisch, Zwiebeln und Tomaten lagen vor ihnen und warteten darauf, zu einer frischen Tomatensoße verarbeitet zu werden. Aus dem Esszimmer war Jackys Trillern zu hören.

---

1 **Get over here!** Beweg dich mal hierrüber!

2 **joy** Freude

Lucy war sofort ganz aufgeregt und schnitt sich beinahe in den Finger. "Geht es um Jacky?"
Der Kommissar nahm ihr das Messer aus der Hand. "Ja. Ich habe mich mit Scotland Yard in Verbindung gesetzt. So heißt die Londoner Kriminalpolizei. Ich habe den englischen Kollegen den Tierschmuggel-Fall geschildert. Weil die Spur nach London führt, haben wir uns darauf geeinigt, dass Scotland Yard die weiteren Ermittlungen übernimmt. Allerdings benötigen sie dafür alle Beweisstücke."
"Und was hat das mit Jacky zu tun?"
"Nun, er ist ebenfalls ein Beweisstück. Und darum muss auch er an Scotland Yard übergeben werden."
Lucy erschrak. "Jacky muss nach England?"
Ihr Vater nickte betrübt. "Ja, leider."
Also würde man ihr Jacky doch wegnehmen! Am liebsten hätte Lucy das Gemüse an die Wand geworfen. Doch dann fiel ihr etwas noch Schlimmeres ein.
"Papi, du darfst Jacky nicht nach England schicken! Wenn er noch einmal in einen Container gesteckt wird, ängstigt er sich zu Tode."
"Keine Angst. Du kannst ganz sicher sein, dass ihm auf der Reise nichts passiert."
"Woher willst du das wissen?"
"Ich bringe Jacky persönlich nach London!" Seltsamerweise strahlte ihr Vater bei diesen Worten übers ganze Gesicht.
Misstrauisch folgte Lucy seinem Blick. Er fiel auf das große Poster über dem Tisch, das das berühmte

Plattencover der Beatles von ihrem Album *Abbey* ***Road***[1] zeigte. John, Paul, George und Ringo spazierten in altmodischen Kleidungsstücken und Frisuren über einen Zebrastreifen, und im Hintergrund stand ein weißer VW Käfer. Lucy wusste, dass das Bild in der Straße aufgenommen worden war, nach der die Platte benannt war.

"Und wenn ich schon in London bin, kann ich endlich die Abbey Road Studios besichtigen, wo sie viele Aufnahmen gemacht haben. Das habe ich schon so lange vor." Herr Marksens Augen leuchteten wie die von Lucy, wenn sie an Jacky dachte.

Ein Pfiff des Goldbauchsittichs erinnerte an die wirklich wichtigen Dinge. "Kann Jacky nicht doch hierbleiben?", fragte Lucy.

"Leider nein."

"Dann will ich mitkommen!"

Der Kommissar hatte sich wieder ans Tomatenschneiden gemacht. Jetzt hielt er erneut inne. "Was hast du gesagt?"

"Ich komme mit dir und Jacky", sagte Lucy bestimmt. "Du hast doch selbst letztes Jahr vorgeschlagen, dass wir beide Urlaub in England machen, damit mein Englisch endlich besser wird. Aber dann hast du nie Zeit dafür gehabt. Wenn du jetzt nach London fährst, ist das doch eine tolle Gelegenheit."

---

1 **road** Straße

“Das geht nicht. Außerdem kann ich mich sehr gut daran erinnern, dass du meinen Vorschlag mit der Englandreise ausgesprochen doof fandest.”

“Das lag nur daran, dass ich es mir bisher noch nicht zugetraut habe”, erklärte sie. In der Tat hatte sie Angst gehabt, sich in einem Land, in dem jeder außer ihr perfekt Englisch reden konnte, lächerlich zu machen. Aber jetzt ging es nicht mehr um sie, sondern um Jacky.

“Mittlerweile ist mein Englisch gut genug. Und das habe ich nur dir und den Beatles zu verdanken, weil ich ständig ihre Texte höre. Willst du eine Kostprobe?” Und Lucy sang den Text von *Two of Us* mit, das gerade im Hintergund lief: ”You and I have **memories**[1] longer **than**[2] the road **that stretches out ahead**[3] …”

”Sehr gut”, lachte ihr Vater. ”Aber du kannst trotzdem nicht mitkommen.”

Lucy verdrehte die Augen. ”Du und Mami sagt immer zu mir, wie wichtig es ist, dass ich gut Englisch spreche. ‘**You have to**[4] **improve**[5] your English’, kriege ich ständig zu hören. Ich will mich ja verbessern, sogar freiwillig, doch wer lässt mich nicht? Du. Das ist so ungerecht!”

---

1 **memories** Erinnerungen
2 **than** als
3 **that stretches out ahead** die sich vor uns erstreckt
4 **you have to** du musst
5 **improve** verbessern

“Du wirst noch oft genug die Gelegenheit haben, englisch zu sprechen. Diesmal geht es jedenfalls nicht. Ich fliege schon nächste Woche, und da musst du in die Schule gehen.”

“Nächste Woche ist Himmelfahrt”, wandte sie ein.

“Wie?”, sagte er verdutzt.

“Christi Himmelfahrt. Da habe ich vier Tage schulfrei. Also kann ich mit dir Urlaub machen.”

Der Kommissar runzelte die Stirn. “Du denkst also, ich mache die Reise zum Vergnügen? Da irrst du dich gewaltig: Ich verreise aus dienstlichen Gründen. Da darf ich niemanden mitnehmen, erst recht nicht meine Tochter. Das verstieße gegen die Vorschriften.”

Immer diese Vorschriften. Lucy hingen sie zu den Ohren heraus. “Eben gerade hast du noch gesagt, dass du in das Tonstudio gehen willst. Verstößt das nicht gegen die Vorschriften?”

“Das, äh, das ist etwas anderes. Das mache ich ja erst, nachdem ich Jacky an Scotland Yard übergeben habe. Danach ist der, äh, Dienstgrund für die Reise erloschen.” Er tupfte sich mit einem Küchenhandtuch über die Glatze.

“Wenn du für dich selbst Urlaub machst, verstößt es nicht gegen die Vorschriften, aber mit mir zusammen schon?”

“Sozusagen.”

“Aber –”

“Schluss jetzt, Lucy! Ich habe Nein gesagt und dabei bleibt es.”

Eine senkrechte Falte über seiner Nasenwurzel verriet ihr, dass ihr Vater nicht weiter diskutieren wollte. Doch sie musste unbedingt mitfliegen, damit sie auf Jacky aufpassen konnte. Und ein letztes Ass hatte sie noch im Ärmel.
"Schon gut, dann bin ich eben still." Lucy warf einen betont traurigen Blick auf das Beatles-Poster. "Ich dachte nur, wie schön es wäre, wenn wir beide zusammen in die Abbey Road fahren und wie die Beatles über den Zebrastreifen gehen würden. Ich würde wirklich gerne mit dir zusammen auf den Spuren unserer Lieblingsband wandeln. Aber wenn es gegen die Vorschriften ist …"
"*Unsere* Lieblingsband …?" Der Kommissar sah das Beatles-Poster an, dann Lucy, dann wieder das Poster. John Lennon sang: "Two of us wearing raincoats, standing **solo**[1] in the sun …"
Herr Marksen rieb seine Nasenwurzel. Dann stieß er einen tiefen Seufzer aus. "Nun, vielleicht kann ich in diesem Fall eine Ausnahme machen. Aber nur dieses eine Mal, das ist dir hoffentlich –"
Weiter kam er nicht. Lucy war bereits mit einem Freudenschrei aufgesprungen und ihm um den Hals gefallen.

1 **solo** allein

# She's Leaving Home[1]

"Du bleibst hier, während ich das Gepäck hole, klar?"
"Ja, Papi."
Kommissar Marksen drehte sich um und begann, sich einen Weg durch die Menschenmenge zu bahnen. Obwohl die Ankunftshalle vom Flughafen London-Heathrow riesengroß war, platzte sie aus allen Nähten. Alles hier war riesengroß: die vielen Hangars und Gebäude, die Lucy beim Landeanflug gesehen hatte, die Anzeigetafeln, sogar die Gepäckbänder, um die sich die Fluggäste drängten, um ihre Koffer in Empfang zu nehmen.
Lucy sah ihrem Vater nach. Sein Kopf blitzte zwischen zwei Wartenden hervor, dann tauchte er wieder in der Menge unter. "**Attention, please**[2]", quäkte eine Blechstimme durch die Halle. "**Do not leave**[3] your **luggage**[4] **unattended**[5]. Attention, please …"
Lucy hatte nicht vor, ihr Gepäck unbeaufsichtigt zu lassen. Dafür war es viel zu kostbar. Behutsam hob sie das Tuch an, mit dem Jackys Käfig zugedeckt war. Es schützte ihn vor Zugluft, und die beruhigende Dunkelheit bekam ihm besser als das hektische Treiben auf

1 **She's leaving home.** Sie zieht von zu Hause aus.
2 **Attention, please.** Wir bitten um Ihre Aufmerksamkeit.
3 **do not leave** lassen Sie nicht
4 **luggage** Gepäck
5 **unattended** unbeaufsichtigt

dem Flughafen. Im Flugzeug hatte Lucy das Tuch abgenommen, um Jacky zu füttern. Doch wegen der ungewohnten Umgebung und des Lärms der Triebwerke war er aufgeregt in seinem Käfig umhergeflattert. Sie hatte ihn schnell wieder zugedeckt, bevor er sich verletzte.

Als jetzt Licht in seinen Käfig fiel, blieb Jacky ruhig auf seiner Stange sitzen. "Jacky!"

Lucy atmete auf. Es ging ihm also gut. Sie nahm das Tuch zur Gänze ab und gab ihm einen Sonnenblumenkern.

"Du freust dich wohl, in England zu sein, wie?"

"Jacky", krächzte der Sittich zufrieden.

"Vorsicht – I **mean**[1], excuse me!" Hochrot im Gesicht, drängte sich Herr Marksen mit zwei großen Koffern durch die Wartenden. Schnell nahm Lucy den Käfig vom Gepäckwagen herunter, damit ihr Vater ihn nicht unabsichtlich herunterwarf. Erst als beide Koffer sicher verstaut waren, stellte sie Jacky wieder zurück.

"Uff", schnaufte der Kommissar. "Musstest du für vier Tage gleich deinen ganzen Kleiderschrank mitnehmen?"

"Nein, aber meine ornithologischen Bücher", entgegnete Lucy. "In England gibt es viele Vogelarten, die in Deutschland nicht vorkommen, und irgendwie muss ich sie ja erkennen können."

---

1 **mean** meine

Seinem Gesichtsausdruck nach fand ihr Vater das nicht so wichtig. “Geht es denn unserem gefiederten Passagier wieder gut?”, fragte er und tupfte sich die Stirn.
“Jacky”, krächzte Jacky.
“Wie du hören kannst, ja”, sagte Lucy.
“Get over here, boy!”
Ein englischer Junge, der mit seinen Eltern an ihnen vorbeilief, schaute verdutzt zu ihnen herüber.
“Und frech ist er auch wieder”, sagte Herr Marksen schmunzelnd. “Er ist eben ein zäher Bursche, unser Jacky.”
Lucy nickte und Jacky sagte: “Jacky!”
Der Kommissar schob sacht den Wagen an. “Gehen wir. Scotland Yard schickt einen Inspektor, der uns abholt. Wir wollen ihn nicht warten lassen.”
Lucy lief neben dem Gepäckwagen her und achtete darauf, dass der Käfig nicht herunterfiel. Sie hoffte, dass niemand auf sie wartete. Dann blieb ihr mehr Zeit mit Jacky.
Nicht der sprichwörtliche englische Regen, sondern Sonnenschein fiel auf die großen Fenster der Wartehalle. Links und rechts der Marksens fielen sich Heerscharen von Menschen in die Arme. Überall wirbelten Eltern ihre Kinder durch die Luft, gaben Verliebte einander schmatzende Küsse und klopften sich Männer in dunklen Anzügen vornehm auf die Schultern. Von überall flogen englische Sätze durch den Raum:

"Hello!", "**How are you?**[1]", "It's good to see you" und viele mehr. Zufrieden registrierte Lucy, dass sie das meiste verstand.
Kommissar Marksen hielt den Gepäckwagen an und sah sich um. "Siehst du unseren Mann? Ich kann niemanden entdecken."
"Woran erkennen wir ihn denn?", fragte Lucy.
"Hmm. Ich nehme an, er hat ein Schild mit unserem Namen."
Lucy sah sich um. Sie entdeckte mehrere Wartende, die Schilder in die Höhe hielten. "Mr & Mrs Crofts" war auf einem zu lesen. Auf einem anderen stand "HSV **Junior**[2] Football Team", und mehrere Jungs und Mädchen in blau-weißen Trikots steuerten mit großem Hallo darauf zu. Aber ein Schild mit der Aufschrift "Bernd, Lucy & Jacky Marksen" gab es nicht.
"Vielleicht hat er uns vergessen", sagte Lucy hoffnungsfroh.
Ihr Vater schüttelte den Kopf. "Er wird sich bloß verspätet haben."
Er steuerte eine freie Bank an. Lucy setzte sich neben ihn und begann, Jacky mit den restlichen Sonnenblumenkernen zu füttern. "Jacky", krächzte der Sittich vergnügt.

---

1 **How are you?** Wie geht es dir?
2 **junior** Jugend-

Dreiunddreißig Kerne später war ihr Vorrat erschöpft, doch noch immer war niemand gekommen, um die Marksens abzuholen. Der Kommissar trommelte mit den Fingern auf die Armlehne.
"Wir können ja wieder nach Hause fliegen", schlug Lucy vor.
"Jacky", stimmte Jacky zu.
In diesem Moment sah sie durchs Fenster einen Mann, der über den Parkplatz auf die Wartehalle zurannte. Er war so schnell, dass er um ein Haar gegen die automatischen Schiebetüren geprallt wäre. Gerade noch rechtzeitig öffneten sie sich vor ihm. Im Inneren der Halle kam der Mann ins Schlittern und rutschte über den blank geputzten Boden. Nur mit abenteuerlichen Verrenkungen konnte er sich auf den Beinen halten.
Endlich endete seine Rutschpartie. Schwer atmend blieb er stehen, packte ein Schild aus weißer Pappe fester und riss es in die Höhe.
Herr Marksen hörte auf zu trommeln. "Das muss er sein."
"Es steht kein Name auf der Pappe." Lucy deutete auf das Schild. Es war leer.
"Stimmt. Aber er trägt eine Polizeiuniform." In der Tat trug der Mann mit dem leeren Schild eine schwarze Uniform.
Der Kommissar stand auf und winkte dem Fremden zu. Dieser stutzte, winkte dann zurück und setzte sich

in Bewegung. Kurz darauf stand er vor den Marksens. "Hello", grüßte er, immer noch ein wenig außer Atem. "You **must**[1] be Mr … erm, Mr …" Er warf einen Blick auf sein Schild. Als er sah, dass nichts darauf stand, erschrak er. "Oh no! I **forgot to write down**[2] your name."

Er sah so verzweifelt aus, dass er Lucy beinahe leidtat. Dabei hatte er doch nur einen Namen vergessen – jedenfalls nahm sie das an. Der Polizist war nämlich nicht leicht zu verstehen, weil er mit einem komischen Akzent sprach. Die Worte klangen ganz anders als bei ihrem Englischlehrer, sodass sie sich anstrengen musste, um alles zu verstehen.

"**Don't worry**[3]", sagte Herr Marksen, "I **remember**[4] my name."

"Of course you do", entgegnete der Brite erleichtert. "**After all**[5], it's yours. How **could**[6] you ever forget it?"

Als er das Schild sinken ließ, konnte Lucy die Rückseite sehen. '**Inspector**[7] Marksen' stand in schwungvollen Buchstaben darauf.

---

1 **must** müssen
2 **forgot to write down** habe vergessen aufzuschreiben
3 **Don't worry.** Keine Sorge.
4 **remember** erinnere mich (an)
5 **after all** schließlich
6 **could** könnten
7 **Inspector** Kommissar

"**You didn't forget**[1] to write it down, sir", sagte Lucy höflich. "It's on the **other**[2] **side**[3] of your sign."
Ihre Angst, dass der Polizist ihr holpriges Englisch nicht verstand, erwies sich als unbegründet. "Is it?", sagte er verblüfft und betrachtete das Schild erneut, diesmal von der anderen Seite. Sofort hellte sich seine Miene auf. "Oh yes! **How silly of me**[4]. **Thank you very much**[5], **young**[6] **lady**[7]."
Im nächsten Moment stutzte er. "Wait a minute. **Aren't you supposed to**[8] be a bird?"
"She's **not**[9] the bird", erklärte Herr Marksen. "She's my daughter, Lucy. And I am …"
"Inspector Marksen, right?"
"**That**[10]'s right. **Pleased to meet you**[11]."
"Pleased to meet you too, Inspector Marksen. My name is Kennington. Inspector Richard Kennington."
Zumindest seinen eigenen Namen hatte er nicht vergessen.

---

1 **didn't forget** haben nicht vergessen
2 **other** andere
3 **side** Seite
4 **How silly of me.** Wie dumm von mir.
5 **Thank you very much.** Vielen Dank.
6 **young** junge
7 **lady** Dame
8 **aren't you supposed to** solltest du nicht
9 **not** nicht
10 **that** *hier:* das
11 **Pleased to meet you.** Sehr erfreut, Sie kennenzulernen.

Die Polizisten nickten einander zu. Danach sah Inspector Kennington Lucy an. "**Welcome**[1] to England. **How do you do?**[2]"
"I'm fine, thank you, Inspector Kennington." Automatisch streckte sie ihm die Hand entgegen. Er ergriff sie und schien im nächsten Moment selbst davon überrascht. Lucy erinnerte sich daran, dass sich Engländer zur Begrüßung für gewöhnlich nicht die Hand gaben.
"I **hope**[3] **you don't mind**[4] **that I brought her with me**[5]", warf Herr Marksen ein. "**It's bending the rules a bit**[6], but I didn't think it **would be**[7] a problem. Of course, I'll keep her **out of**[8] police **business**[9]."
"Oh, I don't mind", rief Kennington aus. "I think it **was**[10] a great idea to bring your daughter, **especially**[11] **as**[12] she speaks English so **well**[13]. I have a son, you know. His name is Edward. He must be **about the**

---

1 **welcome** willkommen
2 **How do you do?** Wie geht es dir?
3 **hope** hoffe
4 **you don't mind** es macht Ihnen nichts aus
5 **that I brought her with me** dass ich sie mitgebracht habe
6 **It's bending the rules a bit.** Es entspricht nicht ganz den Regeln.
7 **would be** wäre
8 **out of** aus
9 **business** Angelegenheiten
10 **was** war
11 **especially** besonders
12 **as** weil
13 **well** gut

**same age**[1] as you, Susie. Maybe you two can meet **while**[2] you're in London."
"My name is Lucy." Sie wusste nicht, was sie von Inspector Kennington halten sollte. Er war freundlich und nett, aber auch ein bisschen komisch. Außerdem gehörte er zu den Leuten, die ihr Jacky wegnehmen wollten.
Soeben warf er einen Blick auf seine Armbanduhr und erschrak abermals. "**Gosh**[3], it's so late **already**[4]? Your **flight**[5] **must have been delayed**[6]."
"**Actually**[7] ...", begann Herr Marksen.
"Oh!" Kennington schlug sich mit der Hand an die Stirn. "No, of course, it was my **fault**[8]. You **had to**[9] wait for me because I was late. I **tend to**[10] forget things, you know. I **wrote**[11] **myself**[12] a **note**[13] so I wouldn't be late today."

---

1 **about the same age** ungefähr so alt
2 **while** während
3 **Gosh!** Mensch!
4 **already** schon
5 **flight** Flug
6 **must have been delayed** muss Verspätung gehabt haben
7 **actually** eigentlich
8 **fault** Schuld
9 **had to** mussten
10 **tend to** neige dazu
11 **wrote** habe geschrieben
12 **myself** *hier:* mir
13 **note** Zettel

“**Then**[1] why didn’t it help?”, fragte Lucy.
“I forgot where I **had put**[2] the note”, antwortete er zerknirscht.
“But **now**[3] you’re here, Inspector Kennington”, sagte der Kommissar. “You **came**[4] **by car**[5], I **assume**[6]?”
Der Brite lächelte. “Yes. Are you ready to go?”
“Einen Moment noch”, rief Lucy. “**Just a minute**[7], please. I have to put the blanket **back**[8] over Jacky.”
“Jacky? I **thought**[9] your name was Ruthie.”
“No, it’s Lucy!” Allmählich ärgerte er sie. War er wirklich so vergesslich oder machte er sich über sie lustig? Ihr Vater warf ihr einen beschwichtigenden Blick zu. “Her name is very easy to remember, Inspector Kennington. **Just**[10] think of the famous Beatles **song**[11].”
“*Penny* ***Lane***[12]?”, sagte er, wie aus der Pistole geschossen. “I love **that**[13] song!”

---

1 **then** also
2 **(had) put** (hatte) hingelegt
3 **now** jetzt
4 **came** sind gekommen
5 **by car** mit dem Auto
6 **assume** nehme an
7 **Just a minute.** Einen Moment noch.
8 **back** *hier:* wieder
9 **thought** dachte
10 **just** einfach
11 **song** Lied
12 **lane** Gasse
13 **that** *hier:* dieses

“Me too!”, erwiderte Herr Marksen überrascht. “But I **meant**[1] **a different one**[2]. *Lucy in the Sky …*”
“… with diamonds!”, erklang es von der Seite. Jacky wollte nicht länger unbeachtet bleiben.
Überrascht betrachtete Kennington den Papagei. “I thought there was a bird **involved**[3]. And here it is. **What**[4] an **odd**[5] bird it is. He’s very beautiful. And clever too, **it seems**[6].”
“His name is Jacky”, sagte Lucy. Weil sie Angst hatte, dass Kennington auch diesen Namen gleich wieder vergaß, fügte sie den Namen des berühmten Frauenmörders von London hinzu: “Like Jack the Ripper.”
“Jacky. That’s easy to remember. Thank you, Su–”
Der Engländer stutzte. “I mean Lucy. Lucy in the sky …”
“… with diamonds!”, krächzte Jacky, und die drei Menschen lachten.
Lucy deckte den Käfig mit dem Tuch zu, dann machten sie sich auf den Weg zum Ausgang. Kennington ging vorneweg, die Marksens hinterher.
“Papi”, flüsterte Lucy, “ich finde ihn irgendwie komisch.”

---

1 **meant** meinte
2 **a different one** ein anderes
3 **involved** (in der Sache) verwickelt
4 **what** *hier:* was für
5 **odd** komisch
6 **it seems** wie es scheint

"So? Ich finde ihn sehr nett. Er mag die Beatles."
"Ja, schon. Aber er ist so vergesslich und –"
"Lucy, stopp. Er mag dir wie ein komischer Vogel vorkommen, aber manchmal muss man jemanden erst richtig kennen, bevor man merkt, was für ein feiner Kerl er ist. Ich will, dass du ihm diese Chance gibst. Versprochen?"
"Ja, Papi", seufzte sie.
Die Schiebetüren öffneten sich und entließen sie auf einen sonnenbeschienenen Parkplatz. Er war riesengroß und von Motorenlärm erfüllt. Überall parkten Autos oder fuhren im Schritttempo vorbei. Lucy sah Fahrzeuge in allen erdenklichen Farben und Größen, PKWs, Taxis und Lastwagen. Hinter einem Bus ragte sogar der Kotflügel eines Polizeiautos hervor. Nur eines war seltsam: Alle Lenkräder waren auf der falschen Seite angebracht, nämlich rechts.
Kennington blieb stehen. Er schaute suchend hierhin, dann dorthin und kratzte sich am Kopf. "It's a bit **embarrassing**[1], but I can't seem to remember where I **parked**[2] my car."
Lucy hätte am liebsten laut aufgestöhnt. Auch das noch!
"Don't worry, we'll help you look for it", sagte ihr Vater. Auch seine Stimme klang ein wenig angespannt.

---

1 **embarrassing** peinlich
2 **parked** habe geparkt

"**What**[1] colour is it?"
"What colour?" Kennington dachte nach. "It's orange, I think. No, wait, it's white. Or is it?"
Als sie das hörte, musste Lucy lachen. "I know what colour it is."
"**Do you?**[2]", sagte der Brite verblüfft. Auch ihr Vater schaute verwundert.
"It's orange *and* white." Sie streckte die Hand aus und deutete auf den Bus, der soeben losfuhr. Dahinter kam der Polizeiwagen zum Vorschein. Er war weiß und hatte leuchtend orangefarbene Streifen.
"That's my car!", rief Kennington aus. "**Well done**[3], Lucy."
Lucy strahlte, als sie zum Wagen gingen. Endlich hatte der Inspektor ihren Namen gelernt. Außerdem war ihr eingefallen, dass seine Vergesslichkeit sogar hilfreich sein konnte: Vielleicht vergaß er, dass Jacky nicht wieder nach Hamburg zurückkehren durfte.
Vor dem Auto blieb Kennington stehen und klopfte seine Taschen ab. "**Now**[4], where did I put my car keys?"

---

1 **what** *hier:* welche
2 **Do you?** *hier:* Ach ja?
3 **Well done.** Gut gemacht.
4 **now** nun

# Drive My Car

Kennington lenkte den Wagen auf die Autobahn Richtung London. Lucy sah aus dem Fenster und stellte schnell fest, dass in England nicht nur die Lenkräder auf der falschen Seite waren. Die Autos fuhren nicht auf der rechten, sondern auf der linken Fahrbahn. Zu Anfang fand sie den Anblick seltsam, so als würden die Vögel nicht am Himmel fliegen, sondern durch Gänge im Erdreich. Doch sie gewöhnte sich schnell daran und bald fiel es ihr kaum noch auf.

Ihr Vater und Kennington saßen vorne und redeten und lachten wie alte Freunde. Seit sie herausgefunden hatten, dass sie beide Beatles-Fans waren, kannten sie kein anderes Thema mehr. Zu Anfang hatte Lucy ihrer Diskussion zugehört, welches das beste Album sei und welches das tollste Lied. Doch das Thema wurde schnell langweilig. Außerdem sprachen die Männer so schnell, dass sie nicht alles verstand. So stellte sie ihre Ohren auf Durchzug und beobachtete lieber Jacky dabei, wie er an den Gitterstäben umherkletterte und seine neue Umgebung betrachtete.

Der Wagen fuhr über eine Bodenwelle. Der Käfig wackelte und Jacky verlor beinahe den Halt. Zum Glück hatte Kommissar Marksen den Käfig vor der Abfahrt mit dem Sicherheitsgurt festgemacht. "Get over here, boy!", krächzte der Goldbauchsittich protestierend.

Lucy musste wieder daran denken, dass er bald in fremde Hände kam. Würde sich die englische Polizei auch gut um ihn kümmern? Oder würden sie Jacky in ein Tierheim stecken, gar in eins, wo er nicht genug zu fressen bekam?
"Ach, Jacky", murmelte sie bedrückt.
"Jacky."
Als er sah, wie sie in ihrer Tasche nach einem Sonnenblumenkern suchte, hüpfte er freudig näher. Doch Lucy fand nichts; den letzten Kern hatte sie ihm auf dem Flughafen gegeben. Sie streckte Jacky die leeren Finger hin, aber er wollte sich nicht streicheln lassen, sondern fressen.
"In London kaufe ich dir frische Sonnenblumenkerne."
Jacky wandte sich ab und beachtete sie nicht mehr. Undankbares Vieh! Halb traurig, halb wütend warf Lucy ihre nutzlose Tasche von sich und starrte nach draußen.
Der Flughafen lag außerhalb der Stadt. Es dauerte eine gute halbe Stunde, bis sie London erreichten. Als die ersten Häuser am Fenster vorbeizogen, nahm auch die Zahl der Autos zu. Bald stand der Polizeiwagen mehr, als dass er fuhr. Lucy gähnte. Wenn es so weiterging, waren sie erst morgen früh in ihrem Hotel. Dabei wollte sie endlich ankommen und etwas essen.
Kaum hatte sie das gedacht, zog der Duft einer nahen Fish-and-Chips-Bude durch das Fenster ins Wagen-

innere. Es dauerte nicht lange, bis Lucys Magen laut und vernehmlich knurrte.
"Papi, ich habe Hunger."
Herr Marksen drehte sich um und sah durch das Gitter, das die Rückbank von den Vordersitzen trennte. Es hinderte Verbrecher daran, den Polizisten vorne gefährlich zu werden. "Bis zum Hotel ist es nicht mehr weit."
"Ich habe aber jetzt Hunger. Lass uns an der Imbissbude anhalten."
"Wenn wir da sind, essen wir etwas", sagte er.
"Aber ich will Pommes!"
"Kinder, die was wollen, kriegen eins auf den Bollen. Iss ein Brot, das ist gesünder."
Damit drehte er sich wieder um. Das Gespräch war zu Ende.
Lucy wollte kein belegtes Brot. Auf dem Flug hatte sie vier Stück gegessen und sie hatte keine Lust auf ein fünftes. Sie schmollte, aber ihr Vater achtete nicht darauf. Sie konnte sich nicht einmal zu ihm nach vorne beugen. Blödes Gitter!
Ihr Magen knurrte schon wieder. Lucy beugte sich vor und angelte im Fußraum des Wagens nach ihrer Tasche. Dann eben doch ein Brot, dachte sie widerwillig. Anstelle ihrer Tasche bekam sie jedoch ein Stück Papier in die Finger. Es hatte unter dem Vordersitz gelegen.
Lucy betrachtete ihren Fund und runzelte die Stirn.

"Inspector Kennington, I think I'**ve found**[1] one of your notes."
"Have you?", antwortete der Brite. **"What does it say?**[2]"
"'**Pick up**[3] Edward, 3.30 pm'", las Lucy vor.
"Oh, I remember. I **promised**[4] Edward I'd pick him up from school today."
Diese Antwort verwunderte Lucy. "Why is he in school?"
"He's a **schoolboy**[5] and it's a **quarter**[6] past three in the afternoon. He **should**[7] be in school, don't you think?"
"But it's Christi Himmelfahrt."
Kennington sah sie verständnislos im Rückspiegel an. "**I beg your pardon?**[8]"
"Christi Himmelfahrt", wiederholte Lucy. "It's a **holiday**[9]. Children don't have to go to school today."
"Every **country**[10] has its **own**[11] holidays, Lucy",

---

1 **(have) found** habe gefunden
2 **What does it say?** Was steht drauf?
3 **pick up** hol ab
4 **promised** habe versprochen
5 **schoolboy** Schüler
6 **quarter** Viertel
7 **should** sollte
8 **I beg your pardon?** Wie bitte?
9 **holiday** Feiertag
10 **country** Land
11 **own** eigenen

bemerkte Herr Marksen. "Today is a holiday in Germany, but that doesn't mean it's one in England, too. Is today a normal school day here, Inspector Kennington?"
"Yes, **perfectly**[1] normal. I think so, **anyway**[2]."
Lucy dachte an Edward. Es musste schrecklich sein, in die Schule gehen zu müssen, wenn in Wirklichkeit Ferien waren.
Diesem Gedanken folgte ein zweiter. "Inspector Kennington, is Edward's school **close**[3] to our hotel?"
"No, I think it's **a few**[4] **miles**[5] **east**[6]. About twenty minutes by car, I'd say. Why do you ask?"
"Don't you need to go there?" Sie hielt den Zettel in die Höhe. "'Pick up Edward, 3.30 pm.'"
Er riss die Augen auf. "**My goodness**[7], **you're right**[8]! Why do I **keep forgetting**[9] **these**[10] things? It's 3.17 now. I'll be late, and I **still**[11] have to **take**[12] you to your

---

1 **perfectly** völlig
2 **anyway** jedenfalls
3 **close** nah
4 **a few** ein paar
5 **miles** Meilen
6 **east** östlich (davon)
7 **My goodness!** Du meine Güte!
8 **You're right.** Du hast recht .
9 **keep forgetting** vergesse ständig
10 **these** diese
11 **still** immer noch
12 **take** *hier:* bringen

hotel **first**[1]. Edward will be **disappointed**[2]", seufzte er. "Again."
"If we go to Edward's school first, we can still **make it**[3]", sagte Herr Marksen. "You can take Lucy and me to the hotel **afterwards**[4]."
"You wouldn't mind?"
"**Not at all.**[5] Would we, Lucy?"
Lieber wäre Lucy gleich ins Hotel gefahren, um dort weiterzuschmollen oder sich den Bauch vollzuschlagen, oder beides. Andererseits war es gemein, jemanden stundenlang warten zu lassen, weil sie gerade schlechte Laune hatte. Wenn ihr so was passieren würde, wäre sie wirklich sauer. Also nickte sie knapp.
"Great", freute sich Kennington. "Next **stop**[6]: Chesterfield **Secondary School**[7]. But we need to **hurry**[8] **to get there in time**[9]. **Brace yourselves**[10]!"
Er bremste, wendete mitten auf der Straße und drückte einen Schalter auf dem Armaturenbrett. Im selben Moment erklang das Martinshorn vom Fahrzeugdach.

---

1 **first** zuerst
2 **disappointed** enttäuscht
3 **make it** es schaffen
4 **afterwards** danach
5 **Not at all.** Ganz und gar nicht.
6 **stop** Halt
7 **secondary school** Mittelschule
8 **hurry** uns beeilen
9 **to get there in time** um rechtzeitig dahin zu kommen
10 **Brace yourselves!** Festhalten!

Doch anstelle des vertrauten Tatütata aus Deutschland gab die Sirene ein an und ab schwellendes Heulen von sich. Kennington drückte aufs Gas, und vor ihm stoben die Autos förmlich zur Seite, um den Polizeiwagen vorbeizulassen. Lucy klappte die Kinnlade herunter. Im Rückfenster sah sie die Blechkolonne verschwinden, in der sie eben noch gestanden hatten. Nicht einmal rote Ampeln konnten sie stoppen: Die anderen Autofahrer hielten an, obwohl sie Grün hatten, sodass Kennington ungeachtet des Rotlichts über die Kreuzung brettern konnte. "Schneller! Faster!", forderte Lucy begeistert und sogar Jacky rief: "Jacky!"
Nur der Kommissar kniff das Gesicht zusammen. Dieselbe Miene hatte er am vergangenen Wochenende aufgesetzt, als er Lucy erlaubt hatte, mit nach London zu kommen, und ihre Mutter ihn gefragt hatte, ob er sich das auch gut überlegt habe.
Kurz vor dem Ziel verirrte Inspektor Kennington sich. Nachdem sie zweimal im Kreis gefahren waren, fand Kommissar Marksen im Handschuhfach einen Stadtplan. Mit dessen Hilfe wies er dem Briten den Weg zu Edwards Schule.
"Don't worry", sagte Kennington entschuldigend. "With Edward in the car, we'll easily **find**[1] the **way**[2] to your hotel."

---

1 **find** finden
2 **way** Weg

Die Schule lag in einer Straße mit Kopfsteinpflaster. Punkt halb drei hielt das Polizeiauto vor dem Gebäude an. Der helle Backsteinbau hatte viele Fenster, ein rotes Dach und am Tor ein Schild, auf dem "Chesterfield Secondary School, Islington" stand. Der Unterricht war gerade zu Ende, und die Schüler strömten ins Freie. Alle trugen eine Schuluniform, die aus einer hellbraunen Hose bestand, einer Jacke in der gleichen Farbe, und darunter Hemd und Krawatte. Es waren keine Mädchen dabei und irgendwie sahen sie aus wie die Söhne einer riesigen Großfamilie.
Natürlich fand der Polizeiwagen viel Beachtung. Die Schüler drängelten sich um den Wagen, stießen einander tuschelnd an und spähten durch die Scheiben. Lucy platzte beinahe vor Stolz. Bestimmt hielten sie sie für eine Detektivin, die der Polizei half, ein schwieriges Verbrechen aufzuklären.
Der Inspektor stieg aus und rief etwas. Leider verstand ihn niemand. Er beugte sich noch einmal ins Wageninnere, stellte das Martinshorn aus und versuchte es erneut: "Edward! Edward Kennington!"
Es dauerte nicht lange, bis die versammelten Schüler einem kleinen Jungen Platz machten. Mit seinen roten Haaren und der runden Brille sah er aus wie eine Mischung aus Ron Weasley und Harry Potter. Er hatte die Hände in den Taschen vergraben und stapfte mit hängendem Kopf auf das Auto zu.
"Hello, Edward", sagte Inspector Kennington fröhlich.

Der Junge zuckte bloß die Achseln. Er stieg hinten ein, warf Lucy und Jacky einen miesepetrigen Blick zu und entdeckte dann etwas ungemein Interessantes auf seinem Handrücken.

Was ist denn mit dem los?, dachte Lucy. Sie hatte ihm Hallo sagen wollen, doch angesichts seiner schlechten Laune verzichtete sie darauf.

Inspector Kennington stieg ein und stellte den Jungen vor: "This is my son, Edward. Edward, these are my **guests**[1] from Germany. This is Mr, erm, Inspector ..." Er stockte verlegen.

"Marksen", half der Kommissar aus. "Nice to meet you, Edward."

"Right – Inspector Marksen. He's a **policeman**[2] from Germany."

"Hello", murmelte Edward.

"And with you **in the back**[3] is his daughter, Lucy."

"In the sky with diamonds!", krächzte Jacky dazwischen.

"And this is Jacky", sagte Lucy zu Edward. "He's a parrot."

"Jacky."

"Hi." Edward sah nicht einmal auf.

Die Zwölfjährige runzelte die Stirn. War der Junge gar nicht neugierig, warum Jacky zwischen ihnen auf der

---

1 **guests** Gäste
2 **policeman** Polizist
3 **in the back** hinten

Rückbank saß? Mochte er Vögel vielleicht nicht? Wenn das stimmte, beschloss sie, dann mochte sie ihn auch nicht.
"Lucy's helped me **a lot**[1] today", erzählte der Inspektor, während er wieder losfuhr; leider ohne Martinshorn. "She found my car **at**[2] the **airport**[3]. And **if she hadn't reminded me**[4], I would have been late to pick you up from school."
"Great. **Thanks a lot.**[5]" Edward warf Lucy einen bösen Blick zu.
Was sollte das denn? Sie hatte ihm doch überhaupt nichts getan.
"She's a **smart**[6] girl", lobte Kennington weiter. "As smart as you, Edward. I **expect**[7] that you two will **get along well**[8]. I think you understand what I mean, Edward."
"Great, thanks a lot", wiederholte dieser leise.
Kennington überließ die Kinder sich selbst und wandte sich an Lucys Vater. "As I was saying, I **bought**[9] my

---

1 **a lot** sehr viel
2 **at** am
3 **airport** Flughafen
4 **if she hadn't reminded me** wenn sie mich nicht daran erinnert hätte
5 **Thanks a lot.** Vielen Dank.
6 **smart** schlau
7 **expect** erwarte
8 **get along well** gut miteinander auskommen
9 **bought** habe gekauft

first Beatles **record**[1] in Covent Garden. I was fourteen and **I'd been saving**[2] my money for weeks …" Lucy seufzte. Die Fahrt zum Hotel versprach langweilig zu werden.

Da stieß Jacky einen lauten Pfiff aus und sagte: "Great, thanks a lot!"

Jetzt hob Edward doch den Kopf. "Didn't I **just**[3] say that?"

Lucy nickte aufgeregt. "He can **repeat**[4] **sentences**[5] that he hears. He's very intelligent. Isn't that right, Jacky?"

"Jacky!"

Edward grinste. "**Have** you **taught**[6] him any **four-letter words**[7] yet?"

Lucy wusste nicht genau, was er damit meinte, traute sich aber nicht zu fragen. "The Kommissar – I mean, my father – found Jacky in a container", erzählte sie. "**There were**[8] lots of other **endangered**[9] animals inside. The container was **smuggled**[10] from London to

---

1 **record** Platte
2 **I'd been saving** ich hatte gespart
3 **just** *hier:* gerade
4 **repeat** wiederholen
5 **sentences** Sätze
6 **(have) taught** (hast) beigebracht
7 **four-letter words** Schimpfwörter
8 **there were** es gab
9 **endangered** gefährdet
10 **smuggled** geschmuggelt

Hamburg. We came here to find the people who did it."

Doch Edward war schon wieder in sein Brüten verfallen und antwortete nicht. Lucy schnaubte. Typisch Junge! Interessierte sich für gar nichts.

"Edward, can you **tell**[1] me the fastest way to the **Golden**[2] **Slumbers**[3] Hotel?", fragte Kennington über die Schulter. Offenbar hatte er sich schon wieder verfahren.

Der Junge antwortete wie aus der Pistole geschossen. "**Turn**[4] left, left again, then right and **follow**[5] the signs to Mornington Crescent."

"Thank you. My son, the **walking**[6] **street map**[7]."

Kennington setzte den Blinker und bog links ab. Sie kamen in eine schmale Straße. Plötzlich riss Lucy überrascht die Augen auf. Ohne nachzudenken rief sie: "Anhalten! Stop the car!"

Der Inspektor trat mit aller Kraft auf die Bremse. Ein Ruck ging durch das Auto, drückte Lucy in den Gurt und schleuderte ihre Tasche gegen das Trenngitter. Jacky flog kreischend von seiner Stange.

---

1 **tell** *hier:* sagen
2 **golden** golden
3 **slumbers** Schlummer
4 **turn** bieg ab
5 **follow** folge
6 **walking** *hier:* wandelnder
7 **street map** Stadtplan

Als das Quietschen der Bremsen aufhörte, herrschte einen Moment lang Stille. Dann wetterte der Kommissar los. "Lucy! Bist du übergeschnappt? Willst du Jacky umbringen?"
"N-nein." Lucy war selbst erschrocken und ihre Stimme zitterte.
"Was hast du dir überhaupt dabei gedacht, so durch den Wagen zu schreien?", schrie ihr Vater durch den Wagen.
Kennington legte ihm die Hand auf die Schulter. "Lucy, **what's the matter?**[1]", fragte er ruhig. "Why did we stop?"
"**Look, over there.**[2]" Sie deutete auf ein Haus aus dunklen Backsteinen. Es trug die Nummer Neun, und über den Schaufenstern flackerte ein Leuchtschild, bei dem nicht mehr alle Buchstaben funktionierten. Jacky sprach im gleichen Moment aus, was die Menschen auf dem Schild lesen konnten.
"Pete Duncan's Pet Shop."

---

1 **What's the matter?** Was ist los?
2 **Look, over there.** Sehen Sie mal, da drüben.

# Hey Bulldog[1]

"I think you're taking this too **seriously**[2], Inspector Marksen. We're going to ask Mr Duncan a few questions, that's **all**[3]. I don't think **anything**[4]'s going to **happen**[5] to the children in a pet shop." Inspektor Kennington sah den Kommissar aufmunternd an.
"Something can always happen", hielt dieser dagegen. "Inspector, talking to a **suspect**[6] is police business. Children should not be involved, **least of all**[7] our own. Lucy and Edward will have to wait in the car."
Lucy saß mit angehaltenem Atem auf der Rückbank. Es fiel ihr schwer, bei der Diskussion ruhig zu bleiben. Sie wollte auf keinen Fall im Auto sitzen bleiben, während ihr Vater und sein englischer Kollege Pete Duncan verhörten. Aber wenn sie anfing zu betteln, nahm ihr Vater sie garantiert nicht mit hinein. So blieb ihr nur die Hoffnung, dass es dem Inspektor gelang, ihn zu überzeugen.
Kennington deutete nach hinten, wo sie und Edward saßen. "Inspector Marksen, I'm as **concerned**[8] as you

---

1 **bulldog** Bulldogge
2 **seriously** ernst
3 **all** alles
4 **anything** irgendetwas
5 **happen** passieren
6 **suspect** Verdächtiger
7 **least of all** am allerwenigsten
8 **concerned** besorgt

are about keeping these two **safe**[1]. But I **also**[2] want to find the people who **smuggled**[3] poor Jacky. A bird **expert**[4] like Lucy **may**[5] **spot**[6] a **clue**[7] that the two of us would **miss**[8]."

"You're right. She is an expert."

Bei den Worten ihres Vaters machte Lucys Herz einen freudigen Sprung. Doch schon im nächsten Moment war es mit der Freude vorbei. "But I can't **allow**[9] it. I'**ve** already **broken the rules**[10] **by**[11] bringing her to London with me. I **won't**[12] do it again."

"**Not even**[13] if it helps us?", fragte Kennington.

Der Kommissar schüttelte den Kopf. "Rules are rules."

Lucy hätte am liebsten geheult, als die Polizisten alleine ausstiegen. Noch einmal schöpfte sie Hoffnung, als ihr Vater ihre Tür aufmachte. Doch er wollte nur Jackys Käfig holen. "Jacky", krächzte der Papagei.

---

1 **safe** außer Gefahr
2 **also** auch
3 **smuggled** haben geschmuggelt
4 **expert** Expertin
5 **may** könnte vielleicht
6 **spot** entdecken
7 **clue** Hinweis
8 **miss** übersehen
9 **allow** erlauben
10 **(have) broken the rules** (habe) gegen die Regeln verstoßen
11 **by** *hier:* indem
12 **won't** werde nicht
13 **not even** nicht mal

"I have to go to the **loo**[1]", sagte Edward. Lucy kannte das letzte Wort nicht, doch anhand der Gesten des Jungen erriet sie, dass er auf die Toilette musste.
"Can't you wait a few minutes?", fragte ihn sein Vater.
"No. But the pet shop will have a loo, **won't it?**[2]"
"It should have."
"So can I come with you?"
"**All right**[3]. But we'll have to ask Mr Duncan **whether**[4] you can use it."
Kennington öffnete Edward die Autotür. Neiderfüllt sah Lucy zu, wie der Junge ausstieg. Er drehte sich noch einmal feixend zu ihr um, dann warf er die Tür ins Schloss.
Na warte!, dachte Lucy.
"Papi, ich muss auch mal."
Der Kommissar tat so, als habe er nichts gehört, machte ihre Tür zu und entfernte sich vom Auto. Jackys Käfig hielt er in der Hand. Lucy blieb allein im Auto zurück. Sie löste den Sicherheitsgurt und wollte aussteigen, doch die Tür des Einsatzwagens ließ sich nicht von innen öffnen. Das war doch die Höhe!
"Ichmussmalichmussmalichmussmal!", schrie sie wütend und trommelte mit den Fäusten gegen die Scheibe.

---

1 **loo** Klo
2 **won't it?** nicht wahr?
3 **All right.** Also gut.
4 **whether** ob

Kommissar Marksen kehrte zum Wagen zurück, und als Lucy seinen Gesichtsausdruck sah, hörte sie sofort auf zu trommeln. Er öffnete die Tür und funkelte seine Tochter zornig an.
“Wirst du wohl aufhören mit diesem Radau?”
“Ich muss mal”, sagte sie trotzig.
“Ich muss mal!” Das war Jacky.
“Was, er auch?” Der Kommissar verdrehte die Augen.
“Bitte, ich muss wirklich mal”, versuchte Lucy es weiter.
“Hör mal, Lucy, das ist doch Quatsch. Just als wir vor Pete Duncans Zoogeschäft stehen, fällt dir zufällig ein, dass du dringend aufs Klo musst. Das soll ich dir glauben?”
“Ja. Und wenn du mich nicht gehen lässt, dann mache ich mir in die Hose.”
Mit Daumen und Zeigefinger rieb er sich die Nasenwurzel. Schließlich seufzte er schwer und trat von der offenen Tür zurück. “Also gut”, knurrte er. “Aber wenn ich vorher gewusst hätte, dass du dich derart grässlich aufführst, hätte ich dich nie mitgenommen.”
Lucy beeilte sich mit dem Aussteigen. Um ihren Vater nicht noch wütender zu machen, verzichtete sie sogar darauf, Edward einen triumphierenden Blick zuzuwerfen.
“Sobald du fertig bist, kehrst du zum Auto zurück, und zwar ohne Widerrede”, schärfte der Kommissar ihr ein, während sie zu den Kenningtons aufschlossen.

“Ich meine es ernst, verstanden?”
“Ja, Papi.”
Pete Duncans Tierhandlung roch wie ein Vogelbauer, das lange nicht sauber gemacht worden war. Käfige, Aquarien und Terrarien standen so dicht nebeneinander, dass die fünf Besucher sich nur im Gänsemarsch durch die Gänge schieben konnten. Überall raschelte und quiekte es. Lucy hörte sofort das Zwitschern von Wellensittichen heraus, und als die Tür hinter ihnen zufiel, pfiff ein Beo einen Gruß.
“Pete Duncan's Pet Shop”, antwortete Jacky.
Sie kamen an den Mäusen vorbei. Lucy erschrak über die Enge, die in ihrem Käfig herrschte. Die kleinen Nagetiere mussten über die Rücken ihrer Artgenossen klettern, um sich zu bewegen, und der einzige Futternapf war viel zu klein. Lucy schaute sich genauer in dem Laden um, und was sie sah, machte sie zornig.
Es war der reinste Saustall. Die Fische in den Aquarien schwammen in trübem Wasser und niemand hatte sich die Mühe gemacht, abgestorbene Pflanzenteile zu entfernen. Frisches Futter war in keinem Käfig zu sehen; nicht ein einziges Salatblatt für all die Hamster, Meerschweinchen und Kaninchen. Am meisten empörte Lucy jedoch, dass die Wellensittiche in einer Glasvoliere gehalten wurden, in der es für sie überhaupt keine Klettermöglichkeiten gab. Die bunten Zwergpapageien hockten dicht gedrängt auf der einzigen Stange, die sie zur Verfügung hatten. Die Zwölfjährige

hätte am liebsten sofort die Tür der Voliere geöffnet und die Vögel freigelassen.
Ein dünner Mann mit dicken Lippen näherte sich ihnen aus dem hinteren Teil des Ladens. "Welcome to Pete Duncan's Pet Shop", lispelte er. "How can I … how can I help you?"
Lucy bemerkte sein Stocken sofort. War es der Schreck, als er Kenningtons Polizeiuniform erkannte? Oder hatte er nicht erwartet, Jacky hier zu sehen?
"Mr Pete Duncan?", fragte Inspektor Kennington.
Der Mann fuhr sich mit der Zunge über die Lippen. "That's me."
"I'm Inspector Kennington, Scotland Yard. This is my partner, erm …"
"The name is Marksen", sprang der Kommissar ein und hielt Jackys Käfig in die Höhe. "We'd like to ask you a few questions about this bird."
Pete Duncan sah von einem Polizisten zum anderen. "You can ask, but I ca**n't** tell you **anything**[1]. I'**ve never seen**[2] the **little**[3] **fellow**[4] **before in my life**[5]."
Hinter ihm bewegte sich etwas. Es war der Beo, der träge die Flügel ausstreckte. Der schwarz-gelbe Papagei hatte keinen Käfig, sondern hockte scheinbar frei auf

---

1 **(not) anything** nichts
2 **(have) seen** (habe) gesehen
3 **little** klein
4 **fellow** Kerl
5 **never before in my life** noch nie im Leben

einer Stange. Erst auf den zweiten Blick sah Lucy die dünne Kette, die seinen Fuß mit dem Holz verband.
"Are you **sure**[1], Mr Duncan?", fragte Kennington.
"Of course I'm sure." Duncan leckte nervös über seine Lippen. "Look, I have a pet shop to **run**[2]. If you don't want to buy a pet for the **kids**[3], I **suggest**[4] you **leave**[5]."
Der Blick des Inspektors folgte Duncans ausgestrecktem Finger und fand Lucy und Edward. "Oh, the children. I **almost**[6] forgot about them. Could you please **show**[7] them to your toilet, Mr Duncan? They **really**[8] need to go."
Der Tierhändler presste die Lippen aufeinander, sodass sie ganz weiß wurden. "In the back", sagte er dann. "The door on the left."
"Thank you", sagten Edward und Lucy gleichzeitig.
Auf dem Weg zur Toilette mussten sie am Beo vorbei. Lucy bemerkte, dass seine Krallen Mühe hatten, die Stange, auf der er saß, zu umfassen. Sie schien für größere Vögel gemacht zu sein. Tatsächlich wies das Holz

---

1 **sure** sicher
2 **run** *hier:* führen
3 **kids** Kinder
4 **suggest** schlage vor
5 **leave** *hier:* gehen
6 **almost** fast
7 **show** zeigen
8 **really** echt

Kratzer auf, die zu groß waren, um von den kleinen Beokrallen herzurühren. Lucy kam ein spannender Gedanke: Hatte Jacky vielleicht auf genau dieser Stange gesessen und die Kratzer verursacht?
"Maybe you've seen a bird that looked like this one?", hörte sie ihren Vater im Hintergrund sagen.
"Why are you asking me all these questions?", gab Duncan zurück. "I don't know anything."
Lucy spitzte die Lippen und ahmte den Ruf eines Beo nach. In ihren geschulten Ohren klang er falsch, zu flach und zu schrill. Aber dem echten Beo schien es zu genügen, denn er antwortete mit seinem eigenen Ruf. Und einen Moment später klang Jackys Stimme durch den Raum.
"Pete Duncan's Pet Shop!"
Inspektor Kennington räusperte sich. "Mr Duncan, if you don't know anything about this bird, **then**[1] how does it know about you?"
Lucy sah zu Duncan zurück und begegnete seinem Blick. Er war dunkel vor Wut. Neben ihr machte Edward einen Satz und schoss förmlich davon. Auch Lucy sah zu, dass sie Land gewann.
"Erm, wait, I think I remember something now", hörte sie Duncan lispeln, dann war sie außer Hörweite.
Sie kam in einen spärlich erleuchteten Gang, der drei Türen aufwies. Eine davon war aus schwerem Metall.

1 **then** dann

An den Wänden waren leere Käfige und Kartons aufgestapelt. Hinter der Tür zu ihrer Linken ertönte eine Wasserspülung und kurz darauf kam Edward heraus. Als er Lucy erkannte, atmete er erleichtert auf.
"**There's someone here**[1]", raunte er ihr zu. "I **heard**[2] a **voice**[3]. It **sounded**[4] like a big man."
"You don't need to be afraid", sagte Lucy. "Not with my father here."
Edward warf sich in die Brust. "I'm not afraid!"
"Then you won't mind waiting for me."
Edward wurde blass. Er hatte ganz eindeutig keine Lust, in dem dunklen Gang auf Lucy zu warten. Doch sie ließ ihm keine Gelegenheit zur Widerrede, sondern verschwand in der Toilette. Sie hoffte, dass er nicht mehr da sein würde, wenn sie herauskam. Dann hätte er bewiesen, dass er ein Angsthase war. Wenn sie dann noch herausfand, was "Angsthase" auf Englisch hieß, konnte sie ihn nach Herzenslust necken.
Als sie fertig war, schob sie den Riegel zurück und trat in den Gang. Edward hockte auf dem Boden und schreckte nervös hoch, als er Lucys Schritte hinter sich hörte.

---

1 **There's someone here.** Da ist jemand.
2 **heard** habe gehört
3 **voice** Stimme
4 **sounded** klang

"Let's go back", sagte sie. Sie war ein wenig enttäuscht, dass er nicht gekniffen hatte, aber auch irgendwie froh. Sie hatte seine Worte von dem großen Mann, den er gehört hatte, nicht vergessen.
"Wait. **Take a look at**[1] this." Edward deutete auf einen Käfigstapel.
Lucy hatte ihrem Vater versprochen, sofort zum Auto zurückzukehren. Andererseits konnte ein kurzer Blick unmöglich Schaden anrichten. Sie ging neben Edward in die Hocke und sah zwischen die Käfige. Im nächsten Moment stieß sie ungläubig die Luft aus.
"Das gibt's nicht!"
Auf dem Boden vor der Wand lag eine hellgrüne Feder. Stammte sie von einem Goldbauchsittich? Etwa von Jacky? Um das herauszufinden, musste Lucy sie näher betrachten.
"Tell me if someone's coming", flüsterte sie Edward zu und quetschte ihren Arm zwischen die Käfige. Er war zu kurz. Daraufhin legte Lucy sich flach auf den Bauch und versuchte es erneut. Ihre Fingerspitzen erreichten beinahe die Feder, doch noch immer fehlten ein paar Zentimeter.
"**Hurry up!**[2]" Edwards Wispern klang, als würde er sich gleich in die Hose machen. Dabei war er gerade erst auf Toilette gewesen.

---

1 **take a look at** schau dir an
2 **Hurry up!** Beeil dich!

"I need a **stick**[1] or something", gab sie zurück. "Anything I can use **to reach it with**[2]."
Hinter Lucy rumorte es. Dann reichte Edward ihr einen Holzstab, in dem sie eine Stange aus einem Vogelkäfig erkannte.
"Hurry up, please!", wiederholte er.
Mit der Stange angelte sie ein weiteres Mal nach der Feder. Vorsichtig zog sie sie zu sich heran, bis sie danach greifen konnte. Geschafft! Lucy spürte den steifen Federkiel unter ihren Fingern. Jetzt musste sie nur noch ihren Arm herausziehen und …
"Hey, you! What are you doing?"
Die Stimme klang wie das Gebell einer Bulldogge, die zum Spaß kleinere Hunde beißt. Lucy erschrak bis ins Mark, und Edward stieß einen verängstigten Laut aus.
"We … I …", stammelte er.
"**Snooping around**[3], eh?", bellte es. Ein Fuß stieß Lucy in die Seite. "You, get up! Or Roy will make you!"
Sie beeilte sich, der Aufforderung nachzukommen. Mit angehaltenem Atem sah sie den Kerl an. Er klang nicht nur wie eine Bulldogge, sondern sah auch wie eine aus: groß, breit und mit kleinen gemeinen Äuglein. Sie glaubte sogar, ein Grollen aus seiner Kehle

1 **stick** Stock
2 **to reach it with** um dranzukommen
3 **snooping around** ihr schnüffelt herum

zu vernehmen. Er war aus dem Raum hinter der Metalltür gekommen. Lucy hatte den Eindruck, als könne sie in der Dunkelheit dahinter Tiere in Käfigen ausmachen.
Der Kerl stieß die Tür mit dem Fuß zu und sein Gebell holte Lucy auf den Boden der Tatsachen zurück. "What **have you got**[1] there?"
Ihre Hände schnellten auf ihren Rücken.
"Nothing."
"Give it to me!", sagte er und fletschte die Zähne.
Lucy behielt die Feder hinter dem Rücken und hielt dem Kerl ängstlich die Holzstange hin. In die Pranke, mit der er danach grapschte, hätte Lucys Hand dreimal hineingepasst.
"We … we **saw**[2] this **underneath**[3] the cages, sir. We thought **somebody**[4] **might have lost**[5] it, and …"
Die Bulldogge zerbrach die Stange mit einem lauten Knacken, ohne sich die Mühe zu machen, die andere Hand zu Hilfe zu nehmen. Jetzt grollte er wirklich. "Give it to me!"
Bibbernd hielt Lucy ihm die Feder hin. Sie war schmutzig und hatte bereits ein wenig zu verrotten begonnen, aber der Grünton, der an den Rändern ins

---

1 **have you got** habt ihr
2 **saw** haben gesehen
3 **underneath** unter
4 **somebody** jemand
5 **might have lost** hätte vielleicht verloren

DO NOT
FEED!

Goldgelbe überging, ließ keinen Zweifel zu: Sie stammte vom Gefieder eines Goldbauchsittichs.
Im nächsten Moment verschwand die Feder in der Pranke der Bulldogge. Mit Knautschfalten in der Stirn sah der Mann auf das Beutestück hinab, und Edward und Lucy nutzten die Gelegenheit und nahmen Reißaus.
Seite an Seite stürmten sie in den Verkaufsraum zurück. Lucy stolperte und stieß sich das Schienbein, und Edward hätte beinahe den Beo mitsamt seiner Stange umgerannt. Im Laufen warf Lucy einen Blick über die Schulter. Die Bulldogge stand im Gang und betrachtete nachdenklich die Feder.
Noch nie in ihrem Leben war Lucy so froh gewesen, ihren Vater zu sehen. Sein Anblick half ihr, ihre Fassung wiederzugewinnen. Sie verlangsamte ihren Schritt, straffte sich und klopfte sich im Gehen den Staub von ihrer Jacke.
Nach einem misstrauischen Blick zu seiner Tochter wandte der Kommissar sich wieder an Pete Duncan. "So you **claim**[1] that you found Jacky on the street and **kept**[2] him here in your shop until he **flew away**[3] **three months ago**[4]. **Is that correct?**[5]"

---

1 **claim** behaupten
2 **kept** haben behalten
3 **flew away** ist weggeflogen
4 **three months ago** vor drei Monaten
5 **Is that correct?** Stimmt das?

"Yes", lispelte Duncan. "**By the way**[1], if you don't want him you can just leave him here. I'll **take** good **care of**[2] him, better than the police **will**[3]. Isn't that right, Jacky?" Er hielt Jacky den Finger hin. Daraufhin kauerte sich der Vogel in der entferntesten Ecke des Käfigs zusammen.
Kommissar Marksen sah Lucy an und machte eine Kopfbewegung zur Tür. Ohne zu zögern, kam sie der Aufforderung nach. Nach der Begegnung mit der Bulldogge war sie froh, die Zoohandlung zu verlassen.
Edward war bereits draußen und lehnte schwer atmend am Auto. Lucy zögerte, ging dann aber doch zu ihm hinüber.
"What a horrible guy." Edward schüttelte sich.
"Yes, really horrible."
Sie schwiegen eine Weile. Dann fragte Lucy ihn, was sie schon seit der Autofahrt beschäftigte. "Why are you angry with me? I **have**n't **done** anything **to**[4] you."
"I … I wasn't angry with you", druckste er herum. "I was angry with my father. I hate it when he picks me up in a police car. The other kids always

---

1 **by the way** übrigens
2 **take care of** auf … aufpassen
3 **will** es tun wird
4 (**have) done to** (habe) angetan

**make fun of**[1] me and say that I'm a **criminal**[2] who's being taken to **prison**[3]. I hate it. I'**ve told**[4] Dad **a thousand times**[5] not to use the police car, but he keeps forgetting. He forgets a lot of things, you know."

"Yes, I know. But I like it when my father picks me up in a police car. I always **pretend**[6] I'm a **detective**[7] helping the police."

"Maybe I should **try**[8] that", sagte er. "By the way, your English is very good. Where did you learn to speak so well?"

"With the Beatles."

Edward zog die Augenbrauen hoch und Lucy erzählte ihm von der Beatlesbegeisterung ihres Vaters. "I've heard all the songs so **often**[9] that I know all the English words. **In fact**[10], if it wasn't for the Beatles I wouldn't even be in London. My father **only**[11] **agreed**[12] to take

---

1 **make fun of** machen sich lustig über
2 **criminal** Verbrecher(in)
3 **prison** Gefängnis
4 **(have) told** (habe) gesagt
5 **a thousand times** tausendmal
6 **pretend** tue so, als ob
7 **detective** Detektiv(in)
8 **try** versuchen
9 **often** oft
10 **in fact** tatsächlich
11 **only** nur
12 **agreed** hat sich einverstanden erklärt

me with him **after**[1] I said I wanted to walk **across**[2] Abbey Road with him, like the Beatles did for that **album cover**[3]."

"My father is a Beatles fan too", sagte Edward überrascht. "I **guess**[4] **he'd love to**[5] walk across that street **as well**[6]."

"What street would I love to walk across?", fragte Inspector Kennington. Der Kommissar und er hatten die Zoohandlung verlassen, ohne dass die beiden Kinder es gemerkt hatten. Jacky hüpfte fröhlich durch seinen Käfig, als Lucy sich davor niederließ und ihm zupfiff.

"Lucy and her father want to walk across the **zebra crossing**[7] on Abbey Road", erklärte Edward. "Anyway, I'm hungry and ..."

"Oh, like on the cover of the album? What a **splendid**[8] idea! Lucy, why didn't you tell me that you were a fan as well? I'm sure you'll have a lot of fun doing that."

"I'm sure we will."

"I'm hungry", versuchte Edward abermals und auch Lucy ließ ein "Ich habe Hunger" hören.

---

1 **after** nachdem
2 **across** über
3 **album cover** Plattencover
4 **guess** vermute
5 **he'd love to** er würde furchtbar gern
6 **as well** auch
7 **zebra crossing** Zebrastreifen
8 **splendid** herrlich

"But there's a problem", sagte Kennington zum Kommissar, der die Kinder genauso wenig beachtete wie sein englischer Kollege. Lucy verdrehte die Augen. Da konnten Edward und sie sich auf den Kopf stellen und mit den Beinen Fliegen fangen!

"A problem?"

"A serious one." Lucys Vater schaute beunruhigt und Kennington fuhr fort: "There were four Beatles, but you and Lucy are only two."

"You're right", lächelte der Kommissar. "**Well**[1], there's a **simple**[2] **solution**[3], Inspector Kennington: you and Edward will have to **join**[4] us."

"We'd love to, we'd love to! Wouldn't we, Edward?" Der Inspektor strahlte wie ein Kind unterm Weihnachtsbaum. Er umarmte Herrn Marksen, und sie klopften einander glücklich auf die Schultern.

"We! Are! Hungry!", schrien Edward und Lucy gleichzeitig. Die Männer ließen einander los und guckten überrascht.

"Why didn't you say so?", brummte der Kommissar und Kennington ergänzte: "I told you these two would get along."

---

1 **well** *hier:* na ja
2 **simple** einfach
3 **solution** Lösung
4 **join** anschließen

# Come Together[1]

Die beiden Männer hatten wie Paul McCartney ihre Schuhe und Strümpfe ausgezogen. Barfuß gingen sie über die Abbey Road, wobei sie sich dicht hintereinander hielten und im gleichen Takt die Arme schwenkten. Auf der anderen Straßenseite lachten sie, klopften einander auf die Schulter und traten gleich wieder auf die Straße hinaus, um sie erneut in die andere Richtung zu überqueren. Ein Autofahrer, der vor dem Zebrastreifen anhalten musste, hupte die beiden an und tippte sich an die Stirn. Ungerührt gingen sie weiter und begannen, lauthals *Lady Madonna* zu singen.

Lucy seufzte. "And they **call**[2] us children."

"**They're acting**[3] **as if**[4] they were eight years old", pflichtete Edward ihr bei. "**At most**[5]."

Während ihre Väter zum x-ten Mal den Zebrastreifen überquerten, saßen die beiden auf der Kante des Bürgersteigs und schleckten Eis. Der Vogelkäfig stand geschützt zwischen ihnen. Alle paar Augenblicke krächzte Jacky auf, und jedes Mal steckte Lucy ihm durch die Gitterstäbe einen weiteren Sonnenblumenkern zu.

---

1 **together** zusammen
2 **call** nennen
3 **they're acting** sie benehmen sich
4 **as if** als ob
5 **at most** höchstens

Die Kerne hatte sie in dem kleinen Lebensmittelladen entdeckt, wo sie diese leckeren, dreieckigen Sandwiches gekauft hatten, die ihr heiß ersehntes Mittagessen ausgemacht hatten. Danach hatte Edward seinen Vater in die Abbey Road gelotst. Sie hatten sich zu viert hintereinander aufgestellt und waren über den berühmten Zebrastreifen marschiert. Genau genommen waren sie sogar zu fünft gewesen: Lucy hatte darauf bestanden, dass Jacky mitkam.

Sie hatten die Straße zigmal überquert und dabei *Yesterday* gesungen und ***Let***[1] *It Be*. Bei *Lucy in the Sky with Diamonds* hatte sogar Jacky mitgesungen, zumindest den Refrain. Nach dem zwanzigsten oder dreißigsten Mal war es Lucy und Edward jedoch langweilig geworden und sie hatten "Let's go **home**[2]!" gequengelt. Nur gegen ein üppiges Bestechungsgeld in Form von Schokoladeneis hatten sie sich gnädigerweise bereit erklärt, ihren Vätern noch ein paar Minuten zu gönnen.

Jetzt hatte Edward sein Eis längst aufgegessen und auch Lucy leckte gerade ihren Stiel sauber. Sie nickten einander zu und holten tief Luft, um aufs Neue einen Sprechchor anzustimmen. Doch bevor sie auch nur einen Ton von sich gegeben hatten, erklang eine Männerstimme. "Hello, you two!"

---

1 **let** lass

2 **home** nach Hause

"**How are you doing?**[1]", fügte eine zweite Stimme hinzu. Herr Marksen und Inspector Kennington ließen sich neben ihnen auf den Bordstein sinken und banden sich die Schnürsenkel. Offenbar hatten die großen Kinder endlich genug von ihrem Spiel.
"Richard, that was great", sagte der Kommissar lachend und Kennington erwiderte: "**It's been a long time since**[2] I had so **much**[3] fun."
"Seid ihr endlich fertig?", maulte Lucy auf Deutsch.
"Fix und fertig, mein Diamantenmädchen", sagte der Kommissar. "Jetzt bin ich reif fürs Hotel."
"Das wird auch Zeit." Am Klang ihrer eigenen Stimme merkte sie, wie sehr sie sich darüber ärgerte, dass ihr Vater so lange gebraucht hatte. Sie wollte aufstehen, doch er hielt sie zurück.
"Warte, Lucy, nur eine Sekunde. Ich möchte mich erst noch bei dir bedanken."
"Bedanken? Wofür denn?"
"Dass du mitgemacht hast, obwohl du nur halb so viel Spaß dabei hattest wie ich. Du hattest recht, alleine wäre es überhaupt nicht lustig gewesen."
Lucy sah verlegen weg. "Na ja, ein bisschen Spaß hat es schon gemacht."

---

1 **How are you doing?** Wie geht's euch?
2 **It's been a long time since** Es ist lange her, dass
3 **much** viel

“Umso besser”, lachte er. “Und den Rest unserer Zeit in London machen wir nur noch Sachen, die dir gefallen.”
“Ehrlich?”, fragte sie begeistert.
Zur Antwort wackelte der Kommissar mit den Ohren.

Kurze Zeit später saßen sie wieder im Wagen und fuhren zum Golden Slumbers Hotel. Jacky fand immer mehr Gefallen am Autofahren und zwitscherte angeregt vor sich hin. Dann und wann ließ er ein “Jacky” oder “Pete Duncan’s Pet Shop” hören.
“Inspector Kennington”, fragte Lucy den Briten, “will you **send**[1] Mr Duncan to prison?”
“I don’t know”, antwortete er. “**Right now**[2] we can’t **connect**[3] him to the animal smuggling. If he told us the **truth**[4], he had nothing to do with it.”
“But … but he **lied**[5]! Mr Duncan lied to you!” Die Worte sprudelten wie von selbst aus ihrem Mund. Natürlich! Warum hatte sie das nicht schon vorher erkannt?
“**What makes you think so?**[6]”

---

1 **send** schicken
2 **right now** im Augenblick
3 **connect** in Verbindung bringen
4 **truth** Wahrheit
5 **lied** hat gelogen
6 **What makes you think so?** Wie kommst du darauf?

"When we were in his shop, **outside**[1] the toilet, we found one of Jacky's **feathers**[2]. It was …"
"Lucy", schimpfte ihr Vater dazwischen, "didn't I tell you to come **straight**[3] back from the toilet?"
"It's not her fault. It was me who found the feather", wandte Edward ein. Lucy warf ihm einen dankbaren Blick zu.
"Show me the feather", bat Kennington.
"I don't have it. The bulldog **took** it **away**[4]."
Lucy erklärte kurz, wer die Bulldogge war und wie ihre Begegnung verlaufen war. Als sie fertig war, hatte der Kommissar die Fäuste geballt. "He didn't hurt you, did he?"
"No", sagte Lucy, und Edward ergänzte: "He only **frightened**[5] us."
Herr Marksen murmelte etwas, das Lucy nicht verstand. Es klang überaus unfreundlich.
"And you're sure that it was one of Jacky's feathers?", meldete sich Kennington wieder zu Wort.
Lucy nickte. "**Absolutely**[6]. It was green, with **a little**[7] yellow at the **edges**[8]."

---

1 **outside** vor
2 **feathers** Federn
3 **straight** *hier:* direkt
4 **took away** hat weggenommen
5 **frightened** hat erschreckt
6 **absolutely** absolut
7 **a little** ein bisschen
8 **edges** Rändern

"I see. But I still don't understand why you think Mr Duncan must have lied. Jacky could have lost it before he flew away from the shop."
"Because when feathers get older, they **change**[1] and look **different**[2]. That's because they …" Lucy suchte nach dem englischen Wort.
"They **decompose**[3]?", half Kennington aus.
"Yes, they decompose. I have a **collection**[4] of feathers **at home**[5], and after a week a feather looks different from ones that are a month or a year old. When I see a feather I can say how long ago the bird lost it. And this feather wasn't **more**[6] than a month old."
"Oh, I see", rief Edward. "Mr Duncan said Jacky flew away three months ago, but if the feather is only one month old, he must have lied."
Kennington pfiff durch die Zähne. "Very smart, you two. It seems Duncan **may not have**[7] told us the truth **after all**[8]."
"It's also **possible**[9] that Lucy'**s wrong**[10]", wandte ihr

---

1 **change** verändern sich
2 **different** anders
3 **decompose** verrotten
4 **collection** Sammlung
5 **at home** zu Hause
6 **more** mehr
7 **may not have** hat vielleicht nicht
8 **after all** doch
9 **possible** möglich
10 **is wrong** liegt falsch

Vater ein. "Maybe she **guessed**[1] the age of the feather wrongly."

"I didn't *guess* its age", sagte Lucy. "And I *am* right."

"**What a pity**[2] that we don't have it", sagte Kennington bedauernd. "We could **have it checked**[3] at Scotland Yard. **Then**[4] we'd know **for sure**[5]."

"You can go to Mr Duncan and take the feather away from him, Daddy", schlug Edward vor.

Kennington schüttelte den Kopf. "I need a **search warrant**[6] for that."

"Can't you get one, Inspector Kennington? Please?"

"That won't help", antwortete Lucys Vater. "Duncan'**s no fool**[7]. If the feather really **proves**[8] that he's **guilty**[9], he'll already **have destroyed**[10] it."

"Maybe he hasn't", widersprach Lucy.

Kennington unterbrach die Diskussion mit einer Handbewegung. "Here's what I'll do. Tomorrow morning I'll talk to my **superintendent**[11] and tell him about the

---

1 **guessed** hat geschätzt
2 **what a pity** wie schade
3 **have it checked** sie überprüfen lassen
4 **then** dann
5 **for sure** mit Sicherheit
6 **search warrant** Durchsuchungsbeschluss
7 **is no fool** ist nicht dumm
8 **proves** beweist
9 **guilty** schuldig
10 **(have) destroyed** zerstört (haben)
11 **superintendent** Hauptkommissar

feather and everything **else**[1] that Lucy and Edward found out. Then he and I will **decide**[2] what to do."

Er drehte sich um und sah Lucy geradewegs an. "If Pete Duncan is the **smuggler**[3], I won't let him **get away**[4]. You do believe me, don't you?"

Lucy nickte schweren Herzens. Lieber wäre es ihr gewesen, wenn Pete Duncan und die Bulldogge noch am selben Tag hinter Schloss und Riegel gelandet wären. Aber Kennington schien zu wissen, was er tat – jedenfalls die meiste Zeit über.

Ihr Vater stieg aus dem Wagen und ging zum Kofferraum. Erst jetzt bemerkte Lucy, dass sie bereits vor dem Hotel angehalten hatten. Sie beugte sich zu Jacky hinüber und begann, seinen Käfig vom Sicherheitsgurt zu befreien. Einen Moment später hielt sie inne.

"Inspector Kennington …" Ein dicker Kloß saß in ihrem Hals und machte ihr das Sprechen schwer. "Inspector Kennington, do you have to take Jacky with you now?"

Der Inspektor seufzte. "I'm afraid I do. I'm sorry."

"Who'll take care of him?"

"I don't know yet."

"Don't give him to Pete Duncan!", stieß Lucy hervor.

---

1 **else** sonst noch
2 **decide** entscheiden
3 **smuggler** Schmuggler(in)
4 **get away** entkommen

"I heard him say he wants to take him back, but he **doesn't treat**[1] animals well. Please don't give Jacky back to him!"
"It's not that easy, Lucy. I've already checked London's **animal shelters**[2], and all of them are full. **Besides**[3], if Duncan is telling the truth, then it's possible that Jacky actually **belongs to**[4] him."
"But we know he's not telling the truth!"
"No, we **suspect**[5] it. That's not the same thing."
Sie wollte erneut auffahren, doch diesmal ließ Kennington es nicht zu. "Lucy, please. I'm sure that Jacky won't have to go to back to Duncan when I tell the superintendent about the feather."
Lucys Unterlippe zitterte. "You won't forget to tell him, will you?"
"No, I won't", lächelte er.
"I'll write you a note anyway." Sie holte einen Notizblock aus ihrer Tasche, riss ein Blatt heraus und schrieb etwas darauf.
"'Don't forget the feather'", las Kennington vor, als sie es ihm in die Hand drückte. Plötzlich musste er ganz heftig blinzeln. "You really like this bird, don't you, Lucy?"
"In the sky with diamonds!", krächzte Jacky.

---

1 **doesn't treat** behandelt nicht
2 **animal shelters** Tierheime
3 **besides** außerdem
4 **belongs to** gehört
5 **suspect** vermuten

# Get Back[1]

“Wer will einen Sonnenblumenkern?”, fragte Lucy.
“Jacky!”, krächzte Jacky.
“Richtig! Bravo!” Der grüngoldene Papagei packte den Kern und bearbeitete ihn geschickt mit dem Schnabel.
“Papi, Jacky wird immer klüger”, strahlte Lucy. “Bald kann er meine Hausaufgaben machen.”
Herr Marksen blickte nicht von dem Stadtplan auf, den er auf dem Bett ausgebreitet hatte. “Gib ihm nicht so viele Kerne. Oder willst du ihn mästen?”
Lucy stemmte die Hände in die Hüften. “So etwas darfst du nicht sagen! Und überhaupt, warum bist du so gemein? Jacky kann doch nichts dafür, dass Inspector Kennington mir erlaubt hat, ihn noch einen Tag lang zu behalten.”
Seufzend hob ihr Vater den Kopf. “Aber hergeben musst du ihn trotzdem. Und ein Abschied wird nicht dadurch leichter, dass man ihn aufschiebt.”
“Quatsch.” Aber als Jacky lautstark nach einem weiteren Kern verlangte, wusste Lucy, dass ihr Vater recht hatte. Gestern, nachdem Kennington ihr gestattet hatte, den Papagei noch eine Weile zu behalten, wäre sie am liebsten sofort zurück nach Hamburg geflogen. Und eben hatte sie sich dabei ertappt, wie sie ihr Hotelzimmer

1 **get back** geh zurück

nach einem Versteck für Jacky absuchte, damit sie vor Inspector Kennington behaupten konnte, er sei davongeflogen.

"Wie auch immer. Jetzt ist es jedenfalls an der Zeit, dass wir einmal London unsicher machen." Der Kommissar deutete auf die Karte. "Was meinst du: Sollen wir zuerst Buckingham Palace besichtigen oder zu *Harrods* gehen? Das ist das größte Kaufhaus der Stadt", fügte er augenzwinkernd hinzu.

"Darf ich Jacky mitnehmen?"

"Meinst du wirklich, dass das gut für ihn wäre?"

Nach einem Moment des Zögerns schüttelte Lucy tapfer den Kopf. "Er hatte ja gestern schon einen anstrengenden Tag."

"Das denke ich auch. Und darum gönnen wir ihm jetzt ein wenig Ruhe und machen zu zweit die Stadt unsicher. Wenn wir wieder zurück sind, kannst du ihn getrost weitermästen, ich meine: füttern."

Lucy wollte aufbrausen, aber an seinen wackelnden Ohren erkannte sie, dass ihr Vater sie bloß neckte.

"Wir brauchen nur noch einen Plan von der Tube", sagte er, "dann kann es losgehen."

"Die Tube? Was ist das?"

"So heißt die Londoner U-Bahn. Kannst du bitte zur Rezeption hinuntergehen und nach einem Streckenplan fragen?"

"Was, jetzt?" Lucy hatte die Hand schon wieder in der Tüte mit den Sonnenblumenkernen.

“Wann denn sonst? Und bring etwas zu trinken mit. Hier hast du ein paar Pfund.”
Kurz darauf fand Lucy sich mit ein paar Münzen in der Hand in dem schmalen Hotelflur wieder. Sie wollte einen Blick zu Jacky zurückwerfen, doch die Zimmertür war schon wieder zu. So steckte Lucy das Geld in die Hosentasche und ging zum Fahrstuhl.
Mit ihrem Englisch war es kein Problem, an der Rezeption einen Plan für die Tube zu erfragen. Noch leichter war es, zwei Flaschen Orangensaft zu besorgen; sie zog sie für ein Pfund das Stück aus dem Automaten im Speisesaal. Mit ihrer Ausbeute kehrte Lucy in die Hotellobby zurück. Soeben trat jemand in den Aufzug und die Türen begannen, sich zu schließen. Lucy rannte los, um noch mitzufahren. “Warten Sie! Wait!”
Sie konnte die Schalttafel des Aufzugs sehen. Die Person in der Kabine dachte nicht daran, den Warteknopf zu drücken, sondern lachte lediglich rau auf. Es klang wie gehässiges Köterkläffen. Die Fahrstuhltüren glitten ungehindert aufeinander zu, und eine Sekunde bevor Lucy einen Fuß dazwischenstellen konnte, schlossen sie sich. An dem nach oben wandernden Lichtspalt erkannte sie, dass die Kabine nach oben fuhr. Was für ein Rüpel!
Es dauerte eine Weile, bis sie auf der Treppe sechs Stockwerke hinter sich gebracht hatte. Lucy öffnete die Durchgangstür und kam wieder in den Zimmerflur. Im ersten Moment dachte sie, sie wäre in

der Zeit zurückgereist und träte abermals aus dem Speisesaal in die Lobby hinaus: Wieder stieg jemand in den Fahrstuhl ein. Doch anders als unten konnte sie jetzt das Gesicht der Person sehen: Es war die Bulldogge. Und der Mann hatte einen Käfig bei sich, in dem ein grün-goldener Papagei saß.
"Jacky!"
Lucy ließ den Orangensaft fallen und stürzte los, den Flur hinunter. Doch schon wieder kam sie einen Moment zu spät. Sie sah Jacky noch mit den Flügeln schlagen, hörte, wie er "Pete Duncan's Pet Shop" krächzte und die Bulldogge mit einem bellenden Lachen antwortete. Dann schlossen sich die Türen. Lucy konnte nur noch verzweifelt mit den Fäusten auf das Metall einschlagen.
"Jacky! Nein!"
Eine Hand packte sie am Arm und riss sie herum. Es war ihr Vater. "Lucy, was ist los?"
"Er hat … er hat ihn gestohlen!", stammelte sie.
"Gestohlen? Wovon redest du?"
"Er hat Jacky gestohlen! Ich habe ihn gesehen!" Lucy wollte loslaufen, in Richtung Treppe.
"Nein, der …" Ihr Vater packte sie bei den Schultern und hielt sie fest. "So hör mir doch zu. Der Mann hat Jacky nicht gestohlen. Er hat ihn abgeholt."
Lucy fühlte sich, als würde ihr der Boden unter den Füßen weggezogen. Fassungslos blickte sie ihren Vater an. "Du hast ihm Jacky *gegeben*?"

“Es hatte alles seine Richtigkeit”, verteidigte er sich. “Er hatte ein Schreiben von Scotland Yard dabei, dass er den Vogel abholen und in die Zoohandlung bringen sollte. Da musste ich ihm den Vogel natürlich aushändigen.”
“Aber das war nicht irgendwer. Das war die Bulldogge! Er wird Jacky …” In diesem Augenblick stockte Lucy der Atem. “Was hast du gesagt? Du wusstest, wo er Jacky hinbringt?”
“In Pete Duncans Zoohandlung, ja.”
Sie riss sich los. “Zu dem Mann, der Jacky und die anderen Tiere in den Container gesperrt hat.”
“Wir wissen nicht, ob Duncan wirklich …”
“Du hast doch gesehen, wie es in seinem Laden aussieht”, schrie sie. “Du hast gesehen, was er für ein Tierquäler ist, und trotzdem gibst du ihm Jacky zurück? Wie konntest du nur!”
“Schluss jetzt, kein Wort mehr!” Auch der Kommissar war jetzt laut, und in seinem Gesicht brannten rote Flecken. “Deine übertriebene Tierliebe ändert nichts daran, dass ich mich an die Vorschriften halten muss.”
Lucy starrte ihn durch einen Tränenschleier an. Es waren Tränen des Zorns. “Wie konntest du nur”, flüsterte sie. Dann rannte sie los.
“Lucy, warte! Komm zurück!”
Die Rufe verhallten, als sie die Treppe hinunterstürmte, immer zwei oder drei Stufen auf einmal.

# With a Little Help[1] From My Friends

Die Londoner U-Bahn hing Lucy zum Hals heraus.
Seit zwei Stunden fuhr sie nun schon kreuz und quer durch den Untergrund der britischen Hauptstadt. Sie saß in einem Waggon voller fremder Menschen. Jeder schien sie anzustarren, als wäre ihr anzusehen, dass sie nicht wusste, ob sie in der richtigen Linie saß. Lucy schnitt einem Mann, der sie über den Rand seiner Zeitung hinweg musterte, eine Grimasse. Sein Gesicht nahm einen säuerlichen Ausdruck an und verschwand. Schon bald tat es ihr leid; vielleicht hatte er nur nett sein wollen.
Mit der U-Bahn zu fahren, war nichts Neues für sie. In Hamburg machte sie das jeden Tag. Aber hier in der Tube war alles ganz anders als in Hamburg und sie hatte eine Menge Hindernisse zu überwinden gehabt. Zuerst kam die Fahrkarte. Wer hätte gedacht, dass man in London ein Ticket benötigte, um überhaupt in die Station hineinzukommen? Doch eines zu lösen, war einfacher gesagt als getan, denn der Automat war nur englisch beschriftet und Lucy wusste nicht, welchen Knopf sie drücken musste. Zum Glück hatte ihr eine

1 **help** Hilfe

Frau aus der Warteschlange geholfen und ihr sogar noch eine Münze gegeben, als Lucys Geld nicht ausreichte. Die Fahrkarte war kleiner als die in Hamburg und rosa, und als Lucy sie in den Schlitz an einem Gerät steckte, öffnete sich die Schranke und gab den Weg unter die Erde frei.

Danach wurde alles noch komplizierter. Die Tube hatte nicht drei oder vier Linien, sondern ein Dutzend, und sie waren nicht durchnummeriert, sondern trugen Namen wie "Piccadilly Line" oder "Hammersmith & **City**[1] Line". Die Haltestellen waren verwinkelt und unübersichtlich, und natürlich waren auch hier alle Schilder auf Englisch. Schon nach dem ersten Umsteigen fand Lucy sich in der falschen Bahn wieder. Mit jedem weiteren Versuch verhedderte sie sich weiter, bis sie irgendwann vollends die Orientierung verloren hatte.

Gerne hätte sie jemanden gefragt, welche Linie sie nehmen musste – wenn sie nur gewusst hätte, wo ihr Ziel lag! Ursprünglich wollte sie zu Scotland Yard fahren, um Inspektor Kennington zu berichten, was geschehen war. Doch je länger sie darüber nachdachte, umso klarer wurde ihr, dass der Inspektor der Bulldogge die Erlaubnis gegeben haben musste, Jacky abzuholen. Schließlich hatte der Kerl ja einen Brief von Scotland Yard gehabt.

---

1 **city** Innenstadt

Nach dieser Erkenntnis gab Lucy ihren Plan auf und entschied sich, zum Hotel zurückzufahren. Dort wartete zwar ihr Vater mit einer saftigen Strafpredigt auf sie, doch je länger Lucy fortblieb, umso saftiger würde die Predigt werden. Leider hatte sie den Namen der Haltestelle vergessen, an der das Hotel lag. Nun fuhr sie auf gut Glück mit der Tube und sah in jeder Station aufmerksam aus dem Fenster. Bisher hoffte sie jedoch vergeblich, diejenige wiederzuerkennen, in die sie als Erstes eingestiegen war.
Der Tunnel weitete sich zu einer Haltestelle. Die U-Bahn hielt am Bahnsteig und die Türen öffneten sich zischend, sodass die Fahrgäste aus- und einsteigen konnten. Weil ein besonders dicker Mann vor ihrem Fenster stand und die Sicht verdeckte, konnte Lucy nichts von der Station sehen. Endlich trat der Mann zur Seite und ihr Blick fiel auf ein Schild mit dem Namen der Haltestelle.
Wie von der Tarantel gestochen, sprang sie auf und hastete zur Tür. Doch der Wagen war eng und voll und sie kam nur mühsam voran. Zu allem Überfluss war auch der dicke Mann eingestiegen und stand im Weg. Schon begannen die Türen, sich zu schließen.
Lucy machte sich so dünn, wie sie konnte, und quetschte sich an dem Dicken vorbei. Er roch nach Schweiß und schnaufte wie eine Dampflokomotive. "Can't you

**stop**[1] pushing?", schimpfte er, doch Lucy war schon an ihm vorbei und schlüpfte durch die Tür, einen Moment bevor sie zuging. Geschafft!
Lucy atmete tief durch und hielt nach einem "**Exit**[2]"-Schild Ausschau. Hinter ihr fuhr die U-Bahn an und verschwand im Tunnel.
Ein paar Gänge und Rolltreppen später lag der Ausgang vor ihr. Er war ebenfalls mit einer Schranke versehen. Eine Maschine saugte ihr rosafarbenes Ticket ein, die Schranke ging auf und sie war endlich wieder im Freien. Erst jetzt merkte sie, wie muffig die Luft unter der Erde gewesen war.
Sie sah sich um und erlebte eine neue Enttäuschung. Sie war sich sicher, dass sie den Namen der Haltestelle kannte, doch die, an der sie eingestiegen war, war es ganz offensichtlich nicht. Diese Straße hier war größer und breiter, mündete in einen großen Kreisverkehr und auf der anderen Seite war keine Spur von einem Hotel zu sehen.
Verwirrt drehte Lucy sich um und las erneut den Schriftzug über dem Eingang der Station, neben dem Underground-Symbol: Highbury & Islington. Sie wusste genau, dass sie diesen Namen schon einmal gehört hatte. Aber bei welcher Gelegenheit? Lucy konnte sich nicht erinnern, jemals hier gewesen zu sein.

---

1 **stop** aufhören
2 **exit** Ausgang

Ein Straßenschild fiel ihr ins Auge. Es zeigte die Chesterfield Road an, eine schmale Straße mit Kopfsteinpflaster. Lucy stutzte. Dann lief sie vor zur Einmündung und sah die Chesterfield Road hinunter. Als ihr Blick auf ein großes Haus mit vielen Fenstern fiel, wusste sie endlich, wo sie war. Das war Edwards Schule!

Sie erreichte die Schule um zwanzig nach drei. Zehn Minuten später klingelte eine Glocke und ein wahrer Strom an Schülern ergoss sich auf die Straße. Lucy stand hinter einem roten Briefkasten und hielt nervös nach Edward Ausschau. Sie musste ihn finden, bevor sein Vater auftauchte. Glücklicherweise war kein Polizeiauto in Sicht. Auf die Vergesslichkeit des Inspektors war eben fast immer Verlass.

Endlich entdeckte Lucy Edwards Rotschopf in der Menge. Sie trat aus ihrem Versteck und winkte ihm zu.

"Edward! Hey, Edward!"

"Lucy?" Das Gelächter seiner Schulkameraden begleitete ihn, als er zu dem Mädchen hinüberging. "What are you doing here? Where's your father?"

"At the hotel", antwortete Lucy wortkarg. "I think so, **at least**[1]."

"You think so? What happened?"

"I ... my father, he ..." Mit einem Mal brach aus ihr heraus, was geschehen war. "Edward, Jacky's **gone**[2]!

---

1 **at least** wenigstens

2 **gone** *hier:* weg

My father **gave**[1] him to the bulldog!"
Edward erbleichte. "What? Why? How could he do something like that?"
Lucy antwortete nicht. Jetzt, da sie wieder an Jacky dachte, war ihre Kehle wie zugeschnürt.
Edward nahm seinen Rucksack ab und wühlte darin herum. "I'll **call**[2] my father. He should be here already, but he'**s probably**[3] **forgotten**[4] to pick me up again. He'll get Jacky back from the bulldog **right away**[5]. Ah, here it is." Triumphierend zog er ein Handy hervor.
"Don't call him", sagte Lucy tonlos. "He won't help us."
"**Rubbish**[6]. Of course he will."
"The bulldog had a letter from Scotland Yard saying he **was allowed to**[7] take Jacky. You know what that means? Your father gave Jacky away!"
Edwards Daumen schwebte bereits über dem Anruf-Knopf, doch bei Lucys letzten Worten ließ er das Handy wieder sinken. "No. No, he can't be that **stupid**[8]. … No!"
"What? Who?"

---

1 **gave** hat gegeben
2 **call** anrufen
3 **probably** wahrscheinlich
4 **(has) forgotten** (hat) vergessen
5 **right away** sofort
6 **Rubbish.** Quatsch.
7 **was allowed to** durfte
8 **stupid** dumm

"My father. You know that he forgets things. Maybe … maybe he forgot about the feather we found in the shop. That would **explain**[1] why Duncan **got**[2] Jacky back."
"But I wrote him a note!" Lucy war fassungslos.
"My father's pockets are full of notes about things he's forgotten. We'll call him right away and ask him." Edward wedelte mit dem Handy.
"No!", rief sie erschrocken. "If he knows I'm here he'll tell my father."
"So what?"
"I … I **ran away**[3]", gestand Lucy. "My father is probably **furious**[4] right now."
"Not probably – **definitely**[5]." Trotz der ernsten Situation musste Edward grinsen.
"But I can't go back to him yet. I'm **the only one**[6] **who cares about Jacky**[7]. I'm the only one who can help him."
"Help him? But how?"
Lucy atmete tief ein und aus. "I'm going to **set** Jacky **free**[8]."

---

1 **explain** erklären
2 **got** hat bekommen
3 **ran away** bin weggelaufen
4 **furious** wütend
5 **definitely** ganz sicher
6 **the only one** die einzige
7 **who cares about Jacky** der Jacky was bedeutet
8 **set free** freilassen

Wenn sie gesagt hätte, dass sie Edward nun küssen werde, hätte er nicht überraschter aussehen können.
"Set him free? Are you **crazy**[1]?"
"No. I know it's dangerous for Jacky to be **on his own**[2] in the city. But at least he wo**n't** be in Pete Duncan's **evil**[3] hands **any more**[4]. I saw what he did to Jacky the first time he smuggled him, and I can't let him do it again. But I need your help."
Jetzt sah Edward so aus, als wolle sie ihn nicht nur küssen, sondern heiraten. "*My* help?"
"I don't know where the pet shop is. You do. I need you to take me there."
"No!", stieß er aus. "I … I have to wait here for my father. And besides, I don't want to go back to the shop. We're not allowed. And it's dangerous, too. What if the bulldog sees us?"
"He won't", behauptete Lucy.
"You don't know that. Anyway, I'd **get into serious trouble**[5]. My parents will **ground**[6] me! I'll be saying 'Good day, **sunshine**[7]' from inside the house **all summer**[8]!"

---

1 **crazy** verrückt
2 **on his own** alleine
3 **evil** böse
4 **(not) any more** nicht mehr
5 **get into serious trouble** in ernsthafte Schwierigkeiten geraten
6 **ground** Hausarrest geben
7 **sunshine** Sonnenschein
8 **all summer** den ganzen Sommer

"Just take me to the shop, then." Die Straße war noch immer leer, aber jeden Moment konnte sich das ändern. "But we have to go now, before your father **arrives**[1]."

Edward wand sich wie ein Aal. "I don't know …"

Lucy hielt ihn an den Schultern fest. Er wollte sich losreißen, doch sie war stärker als er und zwang ihn, sie anzusehen.

"**It's not about**[2] you or me", sagte sie und blickte ihm ernst in die Augen. "It's about Jacky. He needs our help, and he needs it now. Please!"

Endlich gab er nach. "All right, I'll do it." Er riss sich los und musterte Lucy finster. "But **I hereby declare**[3] that I really hate you for this."

---

1 **arrives** ankommt
2 **it's not about** es geht nicht um
3 **I hereby declare** hiermit gebe ich bekannt

# I Should Have Known Better[1]

"There it is." Obwohl weit und breit niemand zu sehen war, flüsterte Edward.

"I see it", gab Lucy zurück, ebenfalls im Flüsterton.

Die beiden Kinder hockten hinter geparkten Autos und spähten auf die andere Straßenseite hinüber, zu Pete Duncans Zoohandlung. Der Laden lag wie ausgestorben da, weder sein Besitzer noch die Bulldogge waren zu sehen. Trotzdem war Lucy nervös, schon seit dem Moment, als sie in die Revolution Street einbogen. Wäre sie allein gewesen, hätte sie vermutlich die Flinte ins Korn geworfen und das Weite gesucht. Nur weil Edward noch nicht davongelaufen war, blieb auch sie.

"I think the shop's closed", wisperte er.

Lucy sah genauer hin. Die lädierte Leuchtreklame über der Ladenfront war ausgeschaltet und in der Tür hing ein Schild, dessen Aufschrift sie mit zusammengekniffenen Augen gerade eben ausmachen konnte. "'Closed'. You're right."

"Thank God." Edward stand erleichtert auf und klopfte sich die Hosenbeine ab. "There's nothing we can do now. Let's go back to the school before we get into serious trouble."

---

1 **I should have known better.** Ich hätte es besser wissen müssen.

Lucy schüttelte den Kopf. "It's Friday afternoon. Every shop we **passed**[1] was open. This is the only one that's closed. Don't you think that's odd?"
"Maybe they just **went**[2] **somewhere**[3]."
Verblüfft sah sie zu ihm auf. "Of course! And while they're gone, we can take a look inside."
Damit stand sie auf und marschierte über die Straße. "Lucy, what are you doing?", rief Edward ihr gedämpft nach.
Sie beachtete ihn nicht, sondern eilte zu der Zoohandlung hinüber. Sie presste die Stirn an das schmutzige Fenster und schaute ins Innere. Sie sah keine Menschenseele, nur die Tiere, die ruhig, fast apathisch in ihren engen Käfigen hockten. Eine einzelne Vogelstimme drang an ihr Ohr. Lucy stutzte. War das nicht der Ruf eines Hellroten Aras gewesen? Aber so einer wäre ihr bei ihrem ersten Besuch im Zoogeschäft garantiert aufgefallen.
Sie erschrak, als sich eine Hand auf ihre Schulter legte. "Let's go, please", sagte Edward mit wackliger Stimme.
Anstelle einer Antwort legte Lucy den Finger an die Lippen. Kurz darauf erklang der Ruf erneut. Jetzt gab es keinen Zweifel mehr: Das war ein Hellroter Ara.

---

1 **passed** vorbeigegangen sind
2 **went** sind gegangen
3 **somewhere** irgendwohin

"Did you hear that?", fragte sie. "It's coming from the back of the shop."
"Maybe. But we still have to …"
"I'll go and take a look. You wait here."
Edward sah aus, als würde er im nächsten Moment in Ohnmacht fallen, doch Lucy kümmerte sich nicht darum. Sie hatte eine Einfahrt entdeckt, die, wie sie hoffte, zur Rückseite der Zoohandlung führte. Sie bog um die Ecke und Edward verschwand aus ihrem Blick.
Der Ara rief wieder, lauter als zuvor. Andere Vögel antworteten ihm. Bald konnte Lucy sogar das Zischen von Reptilienzungen ausmachen. Sie presste sich an die Hauswand und schlich langsamer weiter, bis sie an eine Hausecke kam. Vorsichtig schob sie den Kopf vor und schaute herum.
Im nächsten Moment ging sie wieder in Deckung. Dort, nur ein paar Meter entfernt, stand die Bulldogge!
Lucys Herz klopfte wie wild. Hatte der Kerl sie gesehen? Sie wünschte, ihr Vater wäre hier. Er war groß und stark und brauchte keine Angst vor Pete Duncans Gehilfen zu haben. Lucy dagegen wurde sich schmerzlich bewusst, dass sie nur ein Kind war.
Ein vertrautes Geräusch ließ sie innehalten. Erst jetzt merkte sie, dass sie dabei war, rückwärts in der Einfahrt zurückzugehen, wieder auf die Straße zu.
Der Laut erklang erneut, ein helles Krächzen. Jacky!

Augenblicklich kehrte Lucys Mut zurück. Sie konnte sich gerade noch zurückhalten, damit sie keinen beruhigenden Pfiff ausstieß. Drei Schritte später spähte sie wieder um die Ecke.
Vor ihr lag ein hässlicher Hinterhof ohne jeglichen Bewuchs. Ein großer Lieferwagen stand vor der Rückseite der Zoohandlung. Mit seinen offenen Hecktüren sah er aus wie ein riesiges Raubtier, das das Maul aufsperrt, um gefüttert zu werden. Soeben stieg die Bulldogge in den Rachen des Wagens. In den großen Fäusten des Kerls wirkte Jackys Käfig beinahe winzig. Als Duncans Gehilfe den Lkw wieder verließ, waren seine Hände leer und Jackys Rufe klangen aus dem Innern des Lastwagens wie aus einer dunklen, klammen Höhle.
Die Bulldogge war dabei, die Hecktüren zu schließen, als jemand aus dem Haus rief. "Roy, get over here now!"
"Just a minute", rief die Bulldogge – Roy – zurück und hantierte weiter an den Türen.
Pete Duncan rief erneut und deutlich unfreundlicher. Roy brummte ein Wort, das Lucy nicht kannte, und ging ins Haus. Der Lastwagen stand nun unbewacht im Hof. Das war ihre Chance!
Als sie über den Hof huschte, klopfte ihr Herz so laut, dass sie fest davon überzeugt war, dass es noch im Laden zu hören sein musste. Doch die Tür ins Innere des Hauses blieb leer; niemand kam herausgestürzt.

Dennoch schien es Stunden zu dauern, bis sie den Lastwagen erreicht hatte. Lucy kletterte an seinem Heck empor und steckte den Kopf in den Laderaum.
Beinahe wäre sie rücklings wieder zu Boden gefallen. Im Wagen herrschte ein entsetzlicher Gestank, der von zu vielen Tieren auf zu engem Raum stammte. Auf der Ladefläche stapelten sich Dutzende von Käfigen mit seltenen Tieren bedrohter Arten. Da drängten sich Leguane und Warane in geradezu winzigen Boxen, Schildkröten steckten in Wasserwannen, die nicht einmal genügend Platz zum Umdrehen boten, und welches Tier in dem großen Pappkarton mit Luftlöchern steckte, konnte Lucy nicht einmal erahnen.
Dann fiel ihr Blick auf die Vögel und sie musste einen entsetzten Aufschrei unterdrücken. Es waren zehn oder zwölf von verschiedenen Arten, darunter zwei Hellrote Aras, die, wie Lucy wusste, vom Aussterben bedroht waren. Die Vögel waren mager und hatten Lücken im Federkleid. Als die Zwölfjährige ganz auf die Ladefläche stieg, kreischten sie ängstlich auf und flatterten durch ihre viel zu kleinen Käfige.
“Psst, keine Angst.” Nervös sah sie über die Schulter zurück. Roy war nicht zu sehen. “Jacky? Jacky, wo bist du? Ich bin’s, Lucy.”
“In the sky with diamonds”, kam es aus dem Dunkel. Lucy tastete sich vor und fand Jackys Käfig an der Rückwand des Laderaums.

“Keine Angst”, flüsterte sie erleichtert. “Ich bringe dich hier weg.”
Sie nahm den Käfig und eilte zurück zum Ausgang. Sie hatte die Ladekante fast erreicht, als hinter ihr die beiden Aras pfiffen. Lucy zögerte. Sie konnte die anderen Tiere unmöglich ihrem Schicksal überlassen. Aber alle befreien konnte sie auch nicht, und außerdem konnte Roy jeden Moment zurückkommen …
Ein Kopf schob sich in das helle Rechteck der Tür. Lucy erstarrte. Gegen das Licht konnte sie das Gesicht nicht erkennen. War es die Bulldogge?
Ein Flüstern übertönte die Stimmen der aufgeregten Tiere. “What are you doing?”
“Edward!” Lucy hätte ihn gleichzeitig umarmen und verprügeln können.
“Here, take Jacky”, sagte sie und stellte den Käfig an der Ladekante ab. Sie wusste jetzt, was zu tun war: Wenigstens die Aras würde sie noch mitnehmen. Es tat ihr entsetzlich leid um die übrigen Tiere, doch mehr konnte sie einfach nicht tun.
“What? You have to **get out**[1] of there!”
Plötzlich grollte es hinter Edward. “No, *you* have to get *in*!”
Die Bulldogge lachte über seinen eigenen Scherz. Edward wollte weglaufen, doch er war nicht schnell genug. Mühelos packte Roy den Jungen und hievte

1 **get out** rauskommen

ihn ins Innere des Lastwagens. Dann warf er die Tür zu. Von einem Moment auf den anderen standen die beiden Kinder im Dunkeln und hörten, wie der Lastwagen verriegelt wurde. Sie waren gefangen!
"Hey, **boss**[1]!", dröhnte Roys Stimme gedämpft durch die Türen. "You won't believe who I've just ..."
"**I don't care**[2], you stupid **oaf**[3]", schimpfte Duncan zurück. "Get over here like I told you!"
"But boss, I ..."
"Get over here, Roy!", brüllte Duncan.
"Get over here, Roy." Leise äffte Roy seinen Chef nach und entfernte sich vom Wagen.
Lucys Kehle fühlte sich an wie mit Vogelsand geschmirgelt. Sie ließ sich auf alle viere nieder und ertastete einen Weg zu Edward. Der Junge war auf dem Boden zusammengesunken und an den zittrigen Stößen, die durch seinen Körper gingen, erkannte sie, dass er weinte.
"Don't worry", tröstete sie ihn, obwohl ihr selbst zum Heulen zumute war. "We'll think of something."
"It's all your fault", schluchzte er. "I told you we should leave."
"Right now we've got other problems. We need to get help **somehow**[4]."

---

1 **boss** Chef
2 **I don't care.** Es ist mir egal.
3 **oaf** Ochse
4 **somehow** irgendwie

"How? There's nothing we can do."
"There must be something. Just think."
"I can't think when I'm scared."
Plötzlich schlug Lucy sich vor die Stirn. "That's it! Your handy."
Edward schniefte. "My what?"
Im schwachen Licht, das durch die Türritzen drang, erahnte Lucy seine ratlose Miene mehr, als dass sie sie sah. "Your handy. Your **phone**[1]? I saw it. You wanted to call your father with it, when we were at the school, and …"
"Oh, you mean my **mobile**[2]. Mobile phone, that's what it's called."
Lucy verdrehte in der Dunkelheit die Augen. Warum mussten ihre Verständnisschwierigkeiten gerade jetzt anfangen? "Just call your father."
Schweigen.
"Edward?"
"I … can't", antwortete er leise. "I **left**[3] my bag in front of the shop when I came after you."
"Oh."
"Are you … are you angry with me?"
Lucy wäre dem vergesslichen Jungen am liebsten an den Hals gesprungen. Aber was hätte es genützt?

---

1 **phone** Telefon
2 **mobile** Handy
3 **left** habe gelassen

"We'll have to think of something else, then", sagte sie.

"But what … Oh no, they're coming back!"

Tatsächlich, zwei Paar Schritte näherten sich dem Lastwagen. "You know we have to **move**[1] all the animals before Scotland Yard **realize**[2] their mistake", schimpfte Pete Duncan. "**They may be**[3] stupid **enough**[4] to give us back a bird we've smuggled **once**[5] already. But that doesn't mean they won't **find out**[6] **eventually**[7] that we're the smugglers. And we don't know how much the two **brats**[8] found out yesterday."

Seine Stimme schien um den Wagen herumzuwandern. Lucy erkannte, dass Duncan zum Führerhäuschen des Lkw ging.

"You remember them, don't you, Roy? If you ever let anyone snoop around here again, **you'll be sorry!**[9]"

"Boss, **about those two**[10] …" Die Bulldogge stand noch immer hinter dem Wagen und öffnete die Tür einen Spalt. "I think you should take a look inside."

---

1 **move** wegschaffen
2 **realize** kapiert
3 **they may be** sie sind vielleicht
4 **enough** genug
5 **once** einmal
6 **find out** herausfinden
7 **eventually** schließlich
8 **brats** Gören
9 **You'll be sorry!** Du wirst es bereuen!
10 **about those two** was die zwei betrifft

Edwards Hand krallte sich in die von Lucy.
"Didn't I just tell you that we have to hurry? **Stop wasting time**[1] and get behind the **wheel**[2]."
"But ..."
"Get over here, Roy!", keifte Duncan. "At once!"
Die Bulldogge warf die Tür wieder zu. Wenig später sprang der Motor an und der Lastwagen setzte sich in Bewegung.
"We're **doomed**[3]", wimmerte Edward. Über das Motorengeräusch hinweg war er kaum zu verstehen.
"Stop crying", sagte Lucy. "I think I have an idea about how we can get away from them."
"You do?" In seiner Stimme lag eine Spur Hoffnung.
"Yes." Sie befreite sich aus seinem Griff und stand auf. "**Come on**[4], we've got **work**[5] to do."

---

1 **Stop wasting time.** Hör auf, Zeit zu verschwenden.
2 **wheel** Steuer
3 **doomed** verloren
4 **Come on.** Komm schon.
5 **work** Arbeit

# Run For Your Life

Die Fahrt schien kein Ende zu nehmen. Die Leuchtziffern ihrer Armbanduhr verrieten Lucy, dass sie fast eine Stunde unterwegs waren, bis der Lastwagen endlich langsamer wurde. Sie fuhren noch zweimal um die Kurve und ein Stück rückwärts, bevor der Motor ausging. In der plötzlichen Stille wurden die Tiere lebendig und riefen ängstlich durcheinander.

Nachdem Lucy und Edward gemeinsam ihre Überraschung für Roy und Pete Duncan vorbereitet hatten, war nichts mehr zu tun gewesen. So hatten sie sich nebeneinander auf den Boden gesetzt und darauf gewartet, dass sie ihr Ziel erreichten, wo auch immer es liegen mochte. Zum Reden war es zu laut gewesen und Lucy hatte ohnehin keine Lust gehabt, etwas zu sagen.

Jetzt erhob sie sich und raunte Edward "**Get ready**[1]" zu. An den schemenhaften Bewegungen neben sich erkannte sie, wie er ebenfalls aufstand und in die Hände spuckte.

Draußen erklangen Schritte. Die beiden Tierschmuggler kamen die Seiten des Wagens entlang und hielten jenseits der Türen an, keine zwei Meter von Lucy und Edward entfernt. Das Mädchen wischte sich die schweißnassen Hände an ihrer Jacke ab und sah Edward an. Tapfer erwiderte er ihr Nicken.

---

1 **Get ready.** Mach dich bereit.

"You know what to do." Draußen rüttelte Duncan am Türgriff. "We'll put all the animals into the container without any **fuss**[1]."
"Boss, I need to tell you who's inside", sagte die Bulldogge.
Die Türen öffneten sich einen Spalt. Lucy blinzelte.
"What do you mean, who's inside?"
"I **caught**[2] two kids, back at the shop. I think they were the ones from yesterday."
Lucy konnte förmlich hören, wie Duncan die Kinnlade herunterfiel. Jetzt oder nie!
Mit aller Kraft stieß sie die Tür auf. Tageslicht flutete in den Lastwagen und erhellte die Kisten und Käfige, die sie vor der Öffung aufgestapelt hatten.
Pete Duncan wich zurück und entging dem Schlag des Türflügels denkbar knapp. Doch das war nur der erste Teil der Überraschung gewesen.
"Now!"
Auf Lucys Kommando hin warf Edward sich gegen den Stapel. Die Käfige kamen ins Wanken, kippten und fielen nach draußen – direkt auf die Tierschmuggler hinab.
Das Kreischen von Tier und Mensch ging in dem Poltern unter, mit dem die Käfiglawine aus dem Wagen stürzte. Lucy konnte kaum hinsehen, so leid taten ihr

1 **fuss** Theater
2 **caught** habe geschnappt

die armen Tiere. Aber der Trick funktionierte. Pete Duncan ging unter dem Schauer geradewegs zu Boden. Roy versuchte noch, zur Seite zu springen, doch eine Schildkrötenwanne traf ihn ins Genick, ergoss ihren Inhalt über ihn und riss ihn nieder. Die Schildkröte hatte sich in ihren Panzer zurückgezogen und landete mit einem lauten Plumps auf Roys Bauch.

"Run!"

Lucys Ruf war überflüssig. Edward hatte den Lastwagen bereits verlassen. Zum Glück vergaß er nicht, sich umzudrehen und Jackys Käfig in Empfang zu nehmen. Lucy würde nicht ohne Jacky gehen!

Duncan lag immer noch unter Kisten und Käfigen begraben und schrie wie am Spieß. Roy dagegen rappelte sich bereits wieder auf und schnippte einen Leguan fort, der ihm über den triefnassen Leib huschte. Lucy verspürte einen Stich, als sie sah, wie die Echse durch die Luft flog. Sie hatte ein schlechtes Gewissen, dass sie das Leid der Tiere für kurze Zeit noch schlimmer gemacht hatte. Doch es hatte sein müssen; sie hatte keine andere Möglichkeit gehabt.

Glücklicherweise überstand der Leguan seinen Flug unbeschadet und flitzte unter den Lastwagen. Edward war längst losgelaufen, und auch für Lucy wurde es höchste Zeit, denn die Bulldogge stand schon wieder. Sie sprang aus dem LKW und stürmte los.

Sie befanden sich inmitten eines großen Containerlagers. Hunderte, Tausende der quaderförmigen Metallkästen standen umher und bildeten Stapel, Gänge und Gassen. Auf eine davon steuerte Edward zu. Weil er Jackys Käfig trug, war er langsamer als Lucy, sodass sie ihn rasch einholte.

“Get over here, Roy!” Duncan klang halb verrückt vor Panik, doch die Bulldogge dachte nicht daran, zu gehorchen. Stattdessen rannte sie hinter Lucy und Edward her und kam den Kindern immer näher. “Just wait **till I get my hands on you**[1]!”

Lucy übernahm den Käfig und Seite an Seite flohen sie und Edward durch die Containergassen. Sie liefen kreuz und quer durch das Labyrinth, bogen wahllos mal links, mal rechts ab und wagten dabei nicht, sich nach Roy umzublicken.

Irgendwann konnte Lucy nicht mehr und musste anhalten. Die Beine taten ihr vom Laufen weh, die Arme vom Gewicht von Jackys Käfig und der Kopf, weil er sonst der einzige Teil ihres Körpers gewesen wäre, der nicht schmerzte. Sie stellte Jackys Käfig ab, weil sie Angst hatte, ihn fallen zu lassen. Auch Edward blieb stehen und stützte die Hände auf die Knie.

“I think … we lost him”, keuchte er.

Lucy sah sich um. Vor und hinter ihnen waren jede Menge Container, aber kein Roy. Für den Moment hatten sie ihn abgeschüttelt. Doch er war noch in der

---

1 **till I get my hands on you** bis ich euch in die Finger kriege

Nähe. Zwischen den Containern konnte sie seine Stimme hören und er klang sehr wütend.
"We need … to hide." Auch sie war außer Atem.
"But where?"
"Inside a container."
"First we need to find one that's open."
"Then let's go." Lucy ging in die Hocke, um den Käfig wieder aufzunehmen. Beim Rennen war der arme Jacky ordentlich durchgeschüttelt worden. Gerade kletterte er wieder auf seine Stange und plusterte sich auf. "Jacky!", kreischte er empört.
Lucy und Edward legten gleichzeitig den Finger an die Lippen. Es war eine ebenso sinnlose wie vergebliche Geste.
"Jacky?", rief Roy von fern. "Where are you? Jacky!"
"Jacky!", krächzte Jacky.
Schritte verrieten, dass Roy loslief. "Jacky!", rief er immer wieder und seine Stimme kam eindeutig aus dem Gang zu Lucys Rechten. "Come on, boy, tell me where you are. Jacky!"
"We have to leave him here", rief Edward verzweifelt.
"Niemals", knurrte Lucy. An Edwards Gesichtsausdruck erkannte sie, dass er das deutsche Wort verstand.
Sie rannten los, als Roy am Ende der Gasse erschien. Er heulte triumphierend auf und beschleunigte seine Schritte noch mehr. Lucy und Edward flüchteten um eine Ecke, dann um eine weitere. "Get over here,

Roy!", krächzte Jacky, während er durch den Käfig purzelte.
Es war Lucy, die den Container mit der angelehnten Tür entdeckte. "There!" Edward begriff sofort und stürzte vor, um die Tür aufzustemmen. Sie war verrostet und bewegte sich nur schwer. Endlich war der Spalt groß genug, dass Lucy sich mitsamt Käfig hindurchquetschen konnte.
Drinnen roch es nach Rost und Moder. Bis auf einige gewellte Metallplatten an den Wänden war der Container leer. Eine Sackgasse. Jetzt mussten sie hoffen, dass die Bulldogge daran vorbeilief …
Roys Gebell machte Lucys Hoffnungen zunichte. "Ha! I saw you. I know you're inside that container. Where are you going to run to now?" Er kam jetzt ganz gemächlich näher. Seine Beute saß in der Falle und er hatte keine Eile mehr.
Edward wischte sich das schweißnasse Haar aus der Stirn. "What now?", wisperte er.
"There's one thing **left**[1]. But I don't want to do it …"
Alles in Lucy sträubte sich gegen die einzige Möglichkeit, die ihnen noch blieb. Neben ihr zitterte Edward wie Espenlaub und Roy kam immer näher. Sie hatte keine andere Wahl, erkannte Lucy.
"This is what we have to do …"
Wenig später quietschte die Containertür und Roys

---

1 **left** *hier:* übrig

breite Schultern versperrten den Ausgang. "Where are you two brats?", grollte er.

Lucy hielt den Atem an. Wenn er Edward und sie zu früh entdeckte …

Roy machte einen Schritt in den Container hinein, dann noch einen. "Come out. I'll **turn** everything **upside down**[1] if I have to, so it's better for you if you get over here now."

"Get over here, Roy!"

Die Stimme kam aus dem hintersten Winkel des Containers. Die Bulldogge stürzte vor. "I'll get you for sure!"

Diesmal musste Lucy kein Kommando geben. Sie und Edward sprangen gleichzeitig auf und warfen die Metallplatte um, hinter der sie sich versteckt hatten. Mit einem Satz waren sie durch die Tür und standen im Freien, noch ehe die Platte hinter ihnen zu Boden polterte.

"**What the …**[2]", machte Roy verdutzt.

"Jacky!", schrie Lucy.

"Jacky", antwortete der Papagei. Lucy hörte ihn mit den Flügeln schlagen, und dann schoss ein grün-goldener Farbfleck durch den Container. Die Bulldogge versuchte noch, den Sittich im Flug zu packen, doch er tauchte mit Leichtigkeit unter den zupacken-

---

1 **turn upside down** auf den Kopf stellen

2 **What the …** Was zum …

den Händen hindurch, ließ Roy hinter sich und flog weiter zum Ausgang.
Edward mühte sich bereits mit der Tür ab. "Lucy, help!"
Jacky schoss wie ein goldgrüner Blitz aus dem Container, flog steil nach oben und schraubte sich in den Himmel.
"Jacky!" Lucy schossen Tränen in die Augen. Sie zwang sich, nicht hinter dem Goldbauchsittich herzusehen, der seine ersten Flügelschläge in Freiheit machte. Stattdessen eilte sie zu Edward hinüber, der sich verzweifelt gegen die schwere Tür stemmte. Zusammen waren sie stark genug. Die Stahltür schloss sich immer weiter …
Im letzten Augenblick, bevor sie zuschnappen konnte, prallte Roy von innen dagegen. Er stieß mühelos die Tür auf und schleuderte Lucy und Edward zurück. Nebeneinander landeten sie auf dem Hosenboden.
Roy sprang aus dem Container und baute sich vor ihnen auf. Sein Gesicht war hellrot wie das Gefieder eines Aras und seine Pranken öffneten und schlossen sich wie eiserne Klammern. Unter seinem Gebrüll kauerten sich die beiden Kinder ängstlich dicht aneinander.
"Do you know what I'm going to do to you, now that I'**ve finally**[1] **got**[2] you? I'll … I'll …"
Etwas Seltsames geschah: Roys Pupillen weiteten sich,

---

1 **finally** endlich
2 **(have) got** (habe) geschnappt

und seine Stimme wurde leiser, bis sich die Worte beinahe verloren.
"... I'll **put my hands up**[1]", stammelte er und hob die Hände über den Kopf.
Lucy starrte ihn verwirrt an. Erst als Edward sie antippte, kam sie auf die Idee, sich umzudrehen.
"That's the only thing you're going to do with your hands in a very long time, bulldog!", schnaubte Kommissar Marksen hinter ihr. Er sah aus, als wolle er Roy in der Luft zerreißen.
"Well, **what do you know!**[2]" Inspektor Kennington zwinkerte Lucy und Edward zu. "**For once**[3] in my life I arrived at **exactly**[4] the right time."

1 **put my hands up** die Hände heben
2 **What do you know!** Was sagt ihr dazu?
3 **for once** ausnahmsweise mal
4 **exactly** genau

"Oh Lucy, ich habe mir solche Sorgen gemacht. Ist dir auch wirklich nichts passiert? Wie konntest du nur davonlaufen? Ich bin ganz verrückt vor Sorge gewesen!" Der Kommissar drückte seine Tochter schon wieder an sich. Er benahm sich, als wäre er und nicht sie in Gefahr gewesen, dachte Lucy.
"Mir geht es gut, Papi." Sie machte sich los, um mit den Augen weiter den Himmel abzusuchen. Doch ein grün-goldener Vogel war nicht zu sehen. "Noch besser ginge es mir allerdings, wenn ihr eine Minute früher gekommen wärt."
Er strich ihr übers Haar. "Sei nicht traurig. Du hattest keine Wahl, du musstest Jacky freilassen. Und wer weiß, vielleicht werden Goldbauchsittiche durch dich in England zu Neozoen."
"Ja, vielleicht."
"Darüber hinaus solltest du froh sein, dass wir euch überhaupt gefunden haben", fügte der Kommissar ernst hinzu. "Nicht auszudenken, was geschehen wäre, wenn Edward seinen Rucksack nicht an der Zoohandlung zurückgelassen hätte. Aus den frischen Reifenspuren schlossen wir, dass ihr Duncan dabei ertappt hattet, wie er seine nächste Schmuggelladung fortzuschaffen versuchte. Nur so kamen wir darauf, euch hier zu suchen."
Vor ihnen öffnete sich der Platz mit dem Lastwagen. Überall wuselten die Tiere aus den kaputten Käfigen

herum, knabberten am Inhalt von aufgeplatzten Futterkisten oder rangelten am Rand der Pfützen, die das ausgelaufene Wasser gebildet hatte. Ein besonders großes Tier schien sich unter dem umgestürzten Kistenstapel zu bewegen.
“Was ist das?”, fragte Lucy erstaunt.
Der Kommissar wackelte mit den Ohren. “Sieh es dir an.”
Lucy ging vorsichtig näher. Als sie ein paar kaputte Käfige zur Seite schob, hörte sie gelispelte Worte. “Hello? Please help.” Das war Pete Duncan. Lucy schaute durch einen Riss in dem großen Karton hindurch und stieß einen überraschten Laut aus.
Der Tierquäler lag reglos auf dem Boden. Doch es waren nicht die Kisten, die ihn bewegungsunfähig machten, sondern die Schlange, die in dem Karton gesteckt hatte. Sie hatte sich um Duncans mageres Bein gewickelt und ließ sich einfach nicht von ihm abstreifen, sosehr er sich auch bemühte.
“Now you see what it's like to be put in a cage!”, sagte Lucy zufrieden.
“**Get** this snake **off me**[1], please!”
Edward trat neben Lucy und machte ebenfalls große Augen. “Wow. I wouldn't want to **wrestle**[2] a snake. Those things are dangerous!”

---

1 **get off me** *hier:* befreit mich von
2 **wrestle** ringen mit

Lachend wandten die Kinder sich ab und kehrten zum Polizeiwagen zurück. Inspektor Kennington hatte Roy mittlerweile auf die Rückbank verfrachtet, von wo aus der Verbrecher kleinlaut nach draußen schaute. Jetzt war er keine Bulldogge mehr, sondern nur noch ein harmloser Mops.

Der Inspektor stellte Jackys leeren Käfig aufs Wagendach und legte etwas hinein. Lucy wollte ihn fragen, warum er das getan hatte, als ihr Blick auf einen Zettel fiel, den er aus seiner Hemdtasche zog. Er war in Lucys Handschrift beschrieben.

“This is all my fault, I'm afraid”, gestand er zerknirscht. “I lost your note, and so I forgot about the feather. When I found out that the superintendent **had given**[1] Jacky back to Pete Duncan, it was already too late.”

“Don't worry.” Lucy nahm den Zettel und zerriss ihn. “But you really must stop forgetting things.”

“Yes. Thank you; I'll remember your **advice**[2].”

“If you don't forget it, that is”, bemerkte Edward trocken.

Die anderen lachten, doch Lucy schaute nur wehmütig in den Himmel auf. “Jacky”, rief sie, “Jacky!” Aber der Goldbauchsittich blieb verschwunden.

Ihr Vater räusperte sich neben ihr. “Hast du mir nichts zu sagen, junge Dame?”

---

1 **(had) given** (hatte) gegeben
2 **advice** Rat

Sie seufzte, dann sah sie ihm in die Augen. “Es tut mir leid, dass ich weggelaufen bin. Ich werde es auch nie wieder tun. Weil Jacky weggeflogen ist, kann ich nämlich nie wieder in die Verlegenheit kommen, ihn entgegen deinen Vorschriften retten zu müssen.”
“Hmpf”, machte der Kommissar. “Ich hatte mir eine etwas umfassendere Entschuldigung gewünscht. Aber ich kann wohl nicht mehr verlangen. Schließlich hattest du in gewisser Hinsicht sogar recht damit, wegzulaufen.”
Lucy blinzelte irritiert. “Wer sind Sie und was haben Sie mit meinem Vater gemacht?”
“Haha, sehr witzig. Wenn ich einen Fehler gemacht habe, darf ich ihn doch wohl zugeben. Ich hätte nicht zulassen dürfen, dass Jacky wieder in die Hände dieses Tierquälers kommt – Vorschriften hin, Regeln her. Ich bin zwar Polizist, aber zuallererst bin ich Mensch.” Er breitete die Arme aus. “So, und jetzt umarme mich.”
Lucy war im Begriff, der Aufforderung nachzukommen, als eine Bewegung ihre Aufmerksamkeit fesselte. Sie tauchte unter den Armen ihres Vaters weg. Sein Grummeln bemerkte sie schon gar nicht mehr.
Ein hellgrüner Vogel drehte über dem Polizeiwagen einen Kreis. Er beschrieb eine elegante Kehre und nutzte den Gegenwind aus, um auf dem Käfigdach zu landen. Dann hangelte er sich kopfüber an den Gitterstäben hinab, schlüpfte ins Innere und machte einen Satz auf den Käfigboden. “Jacky”, krächzte er.

Ohne Hast tauchte Inspektor Kennington auf und schloss das Türchen. Mit dem Käfig und Jacky darin ging er zu Lucy. "**There you are**[1]", strahlte er.

Ihr Mund stand so weit offen, dass drei Goldbauchsittiche darin eine Kehre hätten fliegen können.

"How … how did you …"

Der Inspektor deutete ins Innere des Käfigs. Lucy beugte sich vor und sah, dass Jacky nicht auf Vogelsand saß, sondern auf einer zentimeterdicken Schicht von Sonnenblumenkernen. "I didn't forget how much he loves these."

"Jacky!"

"He came back!", jubelte Lucy. "Thank you, Inspector!

1 **There you are.** Hier, bitte sehr.

Now I can take him …" Ihr Jubel erstarb. "He … he still has to stay in England, doesn't he?"
"I'm afraid so", antwortete Kennington. "That is, he would have to stay, if I hadn't lost him."
"You … lost him?" Lucy dachte ernsthaft darüber nach, ob der Brite verrückt geworden war.
"Yes, **indeed**[1]. I forgot where I put him, and I don't have the **slightest idea**[2] that a twelve-year-old girl is going to take him back to Hamburg." Er zwinkerte.
"You mean that I … that I can take him back with me?" Lucy konnte ihr Glück kaum fassen.
"Won't that get you into trouble, Richard?", fragte Herr Marksen.
Der Inspektor machte eine wegwerfende Handbewegung. "The superintendent would be more **surprised**[3] if I didn't lose something **important**[4]."
"Jacky's coming home with us!", schrie Lucy. "Juhu!"
"**You're so lucky**[5]", sagte Edward. "I **envy**[6] you, Lucy."
Und Jacky krächzte: "In the sky with diamonds!"

---

1 **indeed** tatsächlich
2 **slightest idea** geringste Ahnung
3 **surprised** überrascht
4 **important** Wichtiges
5 **You're so lucky.** Du hast so ein Glück.
6 **envy** beneide

# Krimispaß für Leseratten

## Neue Abenteuer für kleine und große Fans

Dagmar Puchalla
**Footprints in the Snow – Fußspuren im Schnee**

Paul Jansen
**The Odd Bird – Der komische Vogel**

Jan Schuld
**A Crime in the Paddock – Verbrechen auf der Pferdekoppel**

Petra A. Bauer
**An Exciting Cruise – Eine abenteuerliche Kreuzfahrt**

Luisa Hartmann
**Beware of Pickpockets! – Vorsicht, Taschendiebe!**

Herbert Friedmann
**Burglary at Noon – Einbruch am Mittag**

Bernhard Hagemann
**Foul Play – Falsches Spiel**

Luisa Hartmann
**Holiday Job: Detective! – Ferienjob: Detektiv!**

Tina Zang
**Lord of the Bets – Herr der Wetten**

Tina Zang
**Panic on the Set – Panik am Set**

Charlotte Collins
**Save Green Farm! – Rettet Green Farm!**

Dagmar Puchalla
**Stop Thief! – Haltet den Dieb!**

Jan Schuld
**The Devil Laughs – Der Teufel lacht**

Luisa Hartmann
**The Golden Dog – Der Goldhund**

Luisa Hartmann
**The Haunted Castle of Loch Mor – Das Spukschloss von Loch Mor**

Dagmar Puchalla
**The Parrot knew Everything – Der Papagei wusste alles**

Petra Steckelmann
**The Mysterious Lighthouse – Der geheimnisvolle Leuchtturm**

Tina Zang
**The Mystery of the Stray Dog – Das Rätsel um den Streuner**

Annette Weber
**Tracking Horse Thieves – Pferdedieben auf der Spur**

Herbert Friedmann, Tina Zang
**Trapped – In der Falle**

Dagmar Puchalla
**War of the Gangs – Bandenkrieg**

Annette Weber
**Where is Mrs Parker? – Wo ist Mrs Parker?**